メディアワークス文庫

初恋ロスタイム

－Advanced Time－

仁科裕貴

目　次

プロローグ

「桐原《きりはら》はいいよな。もう既定路線って感じでさ」

それは中学卒業を間近に控えた、二月一四日のことだった。

バレンタインデーと呼ばれる日のお昼休みに、教室の窓際の席で弁当を食べていた僕の元に、クラスメイトの高橋《たかはし》がやってきてそう言ったのだ。

「既定路線って何だよ。何の話だ」

「チョコだよチョコ。おまえなら一個は確実に貰《もら》えるじゃないか。ああ羨ましい」

「大袈裟《おおげさ》なやつだな。チョコなんてほぼ砂糖の塊だぞ？」

箸を置いた僕——桐原綾人《あやと》は渋面で返す。知らないのなら教えてやろう。

「裏面のラベルに原材料の表記があるだろ。あれの一番目に砂糖が書いてあるやつはチョコじゃない。チョコレート味の砂糖だ。本来なら、カカオマスが先にきてなきゃおかしいんだからな」

「んなこたぁどうでもいいよ！」

何やら目を血走らせながら、彼は顔を近付けてくる。

「一個は比良坂《ひらさか》さんに貰えんだろって話だ！　それが羨ましいって言ってんの！」

「はぁ？　いや別に、あんなの大して良《い》いもんじゃないと思うけど」

「贅沢《ぜいたく》言ってんじゃねえ！　比良坂さん、あんなに可愛《かわい》いのに」

「おいおい」と失笑する。「あの水泳バカが可愛いってマジか？　マグロとかカジキみたいなもんだぞ。泳ぎ続けないと死ぬって本人が言ってるんだから」

「そうかそうか。はいはいご馳走様《ちそうさま》！」

高橋は大声で言って、芝居がかった調子で肩をすくめてみせる。

「困ったもんだ。その『水泳バカ』がどんだけ人気あるか知らないのかね？　あれか、ブルーバード症候群ってやつか」

「何だそれ。なに症候群か知らないけど、そんな上等なもんじゃないって」

答えながらふと、机の脇に掛けた通学鞄《つうがくかばん》に目を向けた。決して勘付かれるわけにはいかないが、その中には話に出てきた水泳バカ——比良坂未緒《みお》に貰ったバレンタインチョコが収められているのだ。

確か、ハート形の箱にピンクのリボンが巻かれていたはずだ。もし表に出したならクラスメイトたちに取り囲まれてリンチを受けても仕方がない。そんな危険物だ。

ただ、弁明はさせて欲しい。ラッピングが完璧すぎて売り物と聞かされても信じてしまうほどの出来だが、実はそれをやったのは僕だ。僕自身なのだ。

未緒は大雑把な性格をしており、調理の際に計量をする習慣がないため、お菓子作りには致命的に向いていない。

加えて手先が非常に不器用であり、慣れない台所仕事で怪我《けが》をされても困るので、僕の家で一緒にチョコ作りに勤《いそ》しんだ。それが昨日のことである。

泳ぐこと以外はからっきしな彼女を助けるのは、常に僕の役目だと自負している。だから調理も手伝ったしラッピングもした。未緒に任せていると何時間あっても終わらないからだ。

そういった裏事情があるので、わざわざ学校に持ってくる必要はなく、ラッピングもせずその場で食べてもよかった。なのに、「せっかくだから、思い出作りに」と言って未緒は一度持ち帰り、今朝改めて手渡してきたというわけだ。

ご丁寧にも、「今年のお返しは期待してるからね！」と言い添えながら……。

改めて考えてみると、いろいろ釈然としないことばかりだ。なので僕は高橋にこう反論する。

「――たとえばさ、座布団が持ち主に対して好意を抱くものだろうか？」

溜息《ためいき》混じりに口にすると、彼はすぐに何かを悟った顔になり、「ははっ」と乾いた笑い声を響かせた。

「つまり、尻に敷かれてるのが不満だってか。そういうのを平然と言っちゃうあたりがもう、完全に夫婦なんだよなぁ」

「いやいや、夫婦だとしても熟年夫婦だぞ。完全に冷めきってるやつ」

惚《とぼ》けた声で返すと、彼は突然「てめえ」と息巻いて席を立った。そのまま覆《おお》い被《かぶ》さるように体重をかけてきて、ヘッドロックの体勢に移行する。

一応、食べかけの弁当に気を遣ってくれたのか、教室の後ろの空間に引きずり出された後、「余裕見せやがってこの野郎、死ぬほど妬ましい！」などと言われながら、ただ一方的に蹂躙《じゅうりん》された。理不尽にも。

けれど、そこで反撃しなかった理由を訊《たず》ねられると、やはり優越感があったからだと答えるしかないだろう。結局のところ僕は、未緒に人気があることも知っていたし、自分が贅沢を言っていることも承知していた。

幼なじみの未緒とは、かれこれ一〇年以上の付き合いになる。出会いは三歳の頃で、場所はスイミングスクールだ。

教育熱心なうちの両親は、一人息子である僕に英才教育を施そうとして、幼い時分からたくさんの習い事を経験させた。その一つが水泳だった。

何でも東大生の六割が幼少期に水泳教室に通っていたというアンケート結果があるらしく、だから脳の発育に良いとされているようだが、効果のほどは定かではない。

それはともかく、当時僕らは三歳だった。そんな年齢から水泳を習う子供など他にいなかったため、二人はすぐに仲良くなった。

同じ小学校に通い始めてからも、僕らの友情は変わらなかった。多感な時期ということもあり、いろいろと周囲に揶揄《やゆ》されもしたが、僕も未緒も特に気にしなかった。何を言われても毎日一緒に登下校し、一緒にスイミングスクールに通った。

あまりにも一緒にいるため、しばしばセットで扱われることもあり、じゃあ今月の美化委員は桐原夫婦でとか、やれやれまた夫婦《ふうふ》喧嘩《げんか》が始まったよとか、僕らを取り巻く世間の目は大体いつもそんな感じだったので、いつしかその環境に疑いすら抱かなくなってしまった。

だから何となく、楽観的に考えていたのである。

いつか時が来れば当然のごとく未緒と交際し、ごく自然に男女の仲になり、やがては結婚して僕らによく似た男の子と女の子が生まれてくるのだろうと。

そんな妄想を脳裏に浮かべつつ、高橋が繰り出してくるプロレス技を甘んじて受けていると、徐々に彼の息が荒くなっていき、そのうちに攻撃が止《や》んだ。

ややあって、彼は「なあ」と神妙な声で呼びかけてくる。

「そんでおまえどうすんの？　まだ比良坂さんに告白してないんだろ？　卒業式まであと一ヶ月もないぞ」

「それは」

少し答えに詰まった僕は、「まあそのうちにな」と目を逸《そ》らす。

どうせ高校も同じなのだから、焦る必要はないと思っていた。

「余裕見せやがって……。でもよ、早くしないと誰かにとられちまうかもよ」

「いや、そうなったらそうなったで、別にさ」

「そっか。なら遠慮はいらないな。……言質《げんち》はとったぞ」

彼は洟《はな》をすすりながら体を離し、「トイレ行ってくる」と言って立ち去った。

何だか不自然な態度だったな……と当時の僕は思ったのだが、午後の授業が始まる頃にはいつもの高橋に戻っていたので、それ以上気にすることはなかった。

が、災禍は忘れた頃にやってくるものだ。

それから四日後、彼は校門の前で、下校する僕と未緒を待ち伏せていた。

小糠雨《こぬかあめ》の降る、寒々とした午後だったことを憶《おぼ》えている。進路を阻んで動かない彼に「どうした？」と訊ねても返答はなく、その目は未緒だけを見ていた。

高橋の表情はいつもとまるで違っていた。眼光は鋭く研ぎ澄まされ、口元は堅く引きしめられ、これから戦地に赴く勇士の顔つきといった印象だった。

その上で、未緒に何か用があるらしいとわかると、ただ沈黙して二人を見守るしかなかった。覚悟のない者が口を挟むなと言われた気がしたからだ。

そうして混乱のあまり氷像のように僕が固まっているうちに、彼は堂々と背筋を伸ばして未緒に正対し、力強い声で想《おも》いを告げたのである。

好きです、付き合ってくださいと。

未緒の返答はもちろん、ごめんなさいだ。

端《はた》から見ていると実に見事だった。トップスイマーのクイックターンを思わせる、無駄なく素早い切り返しが決まり、高橋は軽快かつ鮮やかに玉砕した。

校門前に頽《くずお》れる彼をよそに安堵《あんど》しつつ、未緒とともに足早に立ち去った僕だったが、その痛ましい事件はやがて心の中に大きな変化をもたらすことになった。

はっきり言ってしまうと、不安になったのだ。

だってそうだろう。いまの二人の関係性が、明日からも続いていく保証なんてどこにもない。それを実感してしまった。

考えてみると、馴《な》れ合《あ》いでこれまで一緒に過ごしてきただけで、未緒との間に何か確たる契約があるわけではないのだ。

だからである。強迫観念にかられて決意した。

近いうちに、僕も告白しようと。


決行日は、高校の入学式が行われる四月八日と定めた。

二人とも新しい制服に袖を通したその日に、桃色の花吹雪が舞う桜並木を隣り合って歩きながら、さりげなく想いを打ち明けて無事カップル成立。

初《しょ》っ端《ぱな》に関係性を確定させ、三年間の華々しいスクールライフを恋人同士として送るのが理想である。誰憚《はばか》ることなく、四六時中イチャイチャとしながらだ。

そんな幸せな未来を幾度となく夢想したが、よくよく考えてみると資格はあるはずだと思った。何故ならこの一年間、本当に頑張ったと胸を張って言えるからだ。県内随一の進学校である吉備乃《きびの》学院《がくいん》に合格するだなんて、並大抵の努力では不可能だった。いまも目を閉じれば目蓋の裏に、あの艱難辛苦《かんなんしんく》の日々がありありと蘇《よみがえ》ってくる。

それでも僕は成し遂げた。全ては未緒と一緒に高校生活を満喫するために。

自分の学力を底上げしつつ、スポーツ特待生として特別試験を受ける未緒の補助も同時にこなした。毎日がとんでもないハードスケジュールだった。

歯を食いしばって耐え抜いたあの長い時間を思えば、告白ぐらい何てことはない。迷ったときには自分にそう言い聞かせ、日に日に決意を確かなものにしつつ、待ちに待った入学式当日を迎え、そして――

「……なあ、未緒」

まだ五分咲きの桜の下を、僕らは隣り合って歩いていた。地面に落ちた昼下がりの木漏れ日が、目の粗《あら》い斑模様《まだらもよう》を歩道上に浮かび上がらせている。

穏やかな追い風に身を任せるようにして進む未緒は、校門を出てからずっと上《うわ》の空《そら》で、何を訊《き》いても生返事だ。しかも時折立ち止まってはスマホを取り出し、ぽちぽちと何かを打ち込んでいるため、歩調を合わせるだけで一苦労だった。

事前に想定していたより気温も低く、ずっと散歩を楽しんでいたいような日和でもない。もはや計画とは何もかもが違う。

だがそれでも、生来マニュアル人間で予定通りにしか物事を運べない僕は、一握りの勇気を胸に告白を決行する。

「あ、あのさ。ちょっと話があるんだが」

「ん。なぁに？　いまじゃなきゃ駄目なこと？」

彼女は小首を傾《かし》げ、警戒心のない目でちらりとこちらを見ると、空気を読んだのかスマホカバーを閉じて通学鞄にしまった。

「……あ、ごめんね。ちょっと友達からメッセージがきてて……。感じ悪かった？」

「いや、そうじゃなくて」

言いつつ、これから好意を伝える相手をまじまじと観察してみる。

髪は顎まで届かない程度のショート。水泳の邪魔になるという理由からずっと長さに変化はない。まるで飾り気のない髪型ではあるが、横から彼女の形のいい耳の先端がぴょんと飛び出していて、小動物を思わせる愛らしさがある。

身長は僕よりかなり低い。小柄ながらしなやかな体つきをしていて、顔もとても小さくて丸い。なのに、両の瞳だけがくりんと大きく、上目遣いで見つめられるだけで無性に庇護欲《ひごよく》を掻《か》き立《た》てられてしまう。ただよく見ると、日焼けのないオフシーズンの白い頬にはほんのりと赤みがさしていた。やはり寒いのだろう。

となれば、あまり待たせても悪い。僕はさらに口を開く。

「大事な話だ。黙って聞いてくれ」

「うん、まあ聞くけど。どうしたの急に」

彼女が着ている吉備乃学院の制服は、当然おろしたてだ。濃紺色を基調としたシックな三つボタンブレザーで、襟元には可愛らしいリボンがあしらわれている。スカートは明るいブルーのストライプ柄で、靴下は黒。

変われば変わるものだと感心する。ついこの間まで、服装も言動もガキ大将のようだった彼女が、いまや深窓の令嬢もかくやといった佇《たたず》まいである。まあ何の予備知識もなく俯瞰《ふかん》から眺めれば、の話ではあるけれども。

「その、ええと」

と、声に出して気付く。既に喉が震えている。客観的に見て未緒は可愛いのだろう、そう思ってしまったからだ。

「もうとっくにわかってると思うけどさ」

言い進めるうちにも、頬がどんどん火照《ほて》ってくる。次第に彼女の顔を直視できなくなり、歩道の小石に視線を落とした。

「僕さ、おまえのこと」

「うん」

未緒の声は穏やかだった。少し冷淡な印象さえあった。

「実は――」

手を後ろに回し、見えないように太腿《ふともも》の裏側をつねり上げる。今日を逃したら次は何年後になるかわからない。勝負をいま決めなくては。

「……き、なんだ」

かすれた声が出た。空気の上を滑って消えたみたいな声だ。仕切り直し。

「すき、なんだ」

ちょっと片言になってしまった。緊張のあまり舌が回らない。

もう一度だ。唇を舐《な》めて湿らせてから、前のめりになりつつ口を開く。

「――お、おまえのことが、好きなんだ。ずっと好きだった。だから、ちゃんと付き合おう！」

今度はちゃんと言えたはずだ。それを確認してから未緒の方に右手を差し出して、目を閉じて顎を引く。

彼女はどんな顔をしているだろうか。戸惑っているだろうか。

たまに頼み事をすると見せる、少し困ったような、でも頼られることが嬉《うれ》しいような照れ笑いで、いつものように受《う》け容《い》れてくれるだろうか……。

「……そっか」

やがてぽつりと、彼女は答えた。

「いつかこんな日が来るんじゃないかって、思ってた」

感情の見えない声だった。やけに不安が募り、僕は薄目を開けてみる。

見ると未緒は両手で口元を押さえ、その大きな瞳に涙を滲《にじ》ませていた。

「あのね、わたし、とっても嬉しい」

「そ、そうなんだ。本当に？」

つい疑念を漏らしてしまったが、胸の鼓動はうるさいくらいに鳴り響いていた。

「あのね、わたしね、その言葉が、ずっと聞きたかったような気がする」

「うん」

「だから、本当に嬉しい」

「うん」

「でも、ちょっとズルかったよね……。自分はただ待ってるだけで、綾人くんにだけこんなに勇気を出させて……」

彼女は胸元まで手を下ろし、それに連動させるようにゆっくりと頭を下げていく。

「ごめんなさい」

「そんな……謝らなくていいんだ。こういうのは」

どぎまぎしつつも、一旦差し出した右手を戻し、誇らしげに胸を張ってみせる。

「告白するのは、やっぱり男の役目だと思うからさ」

「ううん。違うの」

未緒はすっかり涙声だった。少し撥《は》ねた襟足が見えるほどさらに頭を下げて、もう一度こう繰り返す。

本当に、ごめんなさいと。

「だから謝るなって……。ほら」

彼女の涙を拭うため、ポケットからハンカチを取り出そうとする僕。

「ごめんなさい」

「大丈夫だから、もう止めてくれって。ええと……その、えっ――？」

一瞬、風が止んだ気がした。

その一拍の静寂を挟んで、僕は悟る。

高橋のときにも聞いた、あの『ごめんなさい』と同じだと。

何とも恥ずかしい話である。それが勘違いであると理解するまで、たっぷり数十秒はかかったように思う。

未緒の言う『ごめんなさい』は紛れもなくそういう『ごめんなさい』であり、そこから目を逸らして他の解釈を必死に探していた僕は、もう本当に道化以外の何者でもなかった。

「え。え――?」

「ごめんなさい」

もはや疑う余地などなかった。未緒は明確に僕を拒絶している。

理解すると同時に、身体から大切な何かが抜きとられていく感覚があった。さらに足場が突然崩れさったような浮遊感と、無性に込み上げてくる謎の笑気。

自分がいま、どんな顔をしているのかもわからない。だが、きっと情けなく狼狽《うろた》えてしまっているのだろう。そんな僕の様子を見た彼女は、一瞬だけふっと口元を緩めて笑みを見せたが、すぐに想いを振りきるようにして歩き出した。

こつこつと落ち着いた靴音が、どんどん遠ざかっていく。なのにもう振り返ることもできず、彼女の後ろ姿を目で追うことさえできない。

何故なんだ、と何度も心の中で繰り返す。他に好きなやつがいるわけでもないはずだ。ずっと近くで見ていたから僕は知っている。間違いない。だというのにどうして振られたのかがわからず、ただその場に立ち尽くした。

鼻の奥がツーンとして焦げくさいのは、神経回路がショートしてしまったせいだろうか。両眼《りょうめ》の奥から生温《なまぬる》い液体が溢《あふ》れてくるのは、脳内でスプリンクラーが作動しているせいだろうか。

ハンカチを取り出すためにポケットに入れた右手は、いまや拳に血が通わなくなるほど堅く握りしめられていた。だから、頭がバグって涙でぐしゃぐしゃになった顔を拭うこともできない。

あまりにもみじめでいたたまれなくて、汗が乾くと次第に体温まで下がってきて、やがて奥歯までカタカタ鳴り出した。

まるで深海にいるような暗闇が視界を埋めていき、つい一時間前まで希望に満ちていたはずの前途を塗りつぶしていく。

一体どうしてなんだ。どうして受け容れてくれなかったんだ――

いまになって知ったのに。失ってから初めて気付いたのに。

こんなにも痛切に、未緒のことが好きなのだと。

第一話　失意のリスタート

止まれ、と心の中で呟《つぶや》いた。

いいかそこの時計、あまり調子に乗るんじゃないぞ。秒針はともかく分針、おまえは駄目だ。頼むから迂闊《うかつ》に動かないでくれ。

が、その願いは聞き届けられることなく、壁掛け時計の分針が動いた直後にプールの対岸で飛沫《しぶき》が上がった。飛び込んだときの針の位置からしてタイムは四〇秒を超えているだろう。

ああはなりたくない。そんな思いから膝が震え出す。こちとら経験者なのだ。たかが五〇メートル自由形ではないか。ブランクがあるので三〇秒をきりたいなどと贅沢は言わない。でもせめて三五秒くらいで……。

「——じゃあ次、桐原綾人くんね。準備はいい？」

「はっ、はい、いきます！」

顧問の先生に呼ばれるなり、己を奮い立たせながらスタート台に足を進めた。

本日の日付は、四月二二日。

吉備乃学院水泳部に入部して初めての、計測会の日である。

受験のために水泳を止めた僕にとっては、おおよそ一年半ぶりに泳ぐ五〇メートルだ。緊張するのも当然だし、好タイムなんて望むべくもないとわかっている。

ただし後には退けなかった。ふとプールサイドに目を向ければ、膝を抱えた姿勢で壁際に座り、ちらちらとこちらを見ている女生徒の姿があるからだ。

競泳水着の上に薄手のパーカーを羽織り、興味のないふうを装いつつも油断のない視線を向けてくるのは、幼なじみの比良坂未緒である。

彼女が何を考えているのか、まったくわからない。

わからないが、決して醜態は見せられない。

水中眼鏡を眼窩《がんか》に押し当てて吸着させると、一つ深呼吸をして右手を挙げ、計測係に合図を送る。それから対岸の壁面に掲げられた時計を睨《にら》みつけ、強い念をぶつけた。

いいか分針、そのまま動くなよ。午後四時一五分のままじっとしていろ。

左足の指先でスタート台の先端を摑《つか》むと、右足は半歩ずらして後ろへ。たった五〇センチの幅しかないが感覚としては助走に近い。クラウチングスタートだ。

前屈の姿勢をとり、両手を下ろしてスタート台の端に添える。やや曲げた膝の前に頭を垂らすと、目を閉じて集中力を研ぎ澄ませていく。

すると、屋内プールに反響する観衆の声がだんだん静かになっていき、すっと誰かが息を吸ったのがわかった。重心を可能な限り前に傾けて準備する。

直後、ピィと笛の音が鳴った。それが鼓膜に届くのと両脚が台を蹴ったタイミングはほぼ同時だった。

すぐさま確信する。スタートは悪くない。槍《やり》のように尖らせた指先が水面に触れると、大した抵抗もなく水は僕を迎え入れる。

一点入水《にゅうすい》、角度は三〇度。あとは勢いを殺さぬよう潜水し、浮力の昂《たか》ぶりに合わせて腕を動かしていくだけだ。

泳法は当然ながら、クロールである。

水泳においては基本にして最速であり、さらに僕が最も得意とする泳法であるが、少しだけフォームにはアレンジを加えている。

一般的なストロークでは入水時に肘を曲げ、掌《てのひら》を体の外側に向けて親指の先端から水に沈めていくのが正しいとされるが、僕はバタフライのように腕を伸ばして掌を下に向け、しっかり水をキャッチして後ろに掻き出すことにしていた。

すると感触でわかるのだ。水が軽いと感じるか、重いと感じるかでその日の調子の善《よ》し悪《あ》しが判断できる。そして手触りから察するに、今日は抜群だ。ブランクがあるにしてはいつになく軽く、滑らかで柔らかい。

当初の予定通り、ノーブレスでいこう。

五〇メートルを息継ぎなしで泳ぐことは、別段難しいことではない。大会ではそういう選手もしばしば見られる。

何故《なぜ》かというと、その方が速いからだ。息継ぎをするには瞬間的であれ水面よりも高く顔を出す必要があり、そのぶん水の抵抗を余計に受けることになる。だから単純に考えれば息継ぎをしない方が速く泳げるというわけだ。

肺活量の問題だけならば、数年訓練を積めばノーブレスは誰にでも可能だ。ただし、血中の酸素濃度が低下すると、次第に筋肉が言うことをきかなくなり速度は落ちる。本来はそれを踏まえて息継ぎの回数を調節し、最適なスピード効率を目指すべきなのだが……。

ただし、いまの僕にとっては、賢明さなどに大した意味はない。

未緒の前で格好悪いところを見せたくない、その一心だった。コンマ一秒でも早く対岸まで泳ぎきって、僕だってまだまだやれるんだと胸を張って言いたいのだ。

あの日、彼女に振られた理由も、やはり水泳だったからである。

後になってわかったことだが、吉備乃学院の入学式の日は、水泳の日本選手権が行われた日でもあった。

世界大会やオリンピックの出場選手を決定する権威のある大会だが、それでも中学生や高校生でエントリーしている者はいる。そして本来ならば未緒もあの大会に出ていたはずだったのだが、直前のオーバーワークで体調を崩してしまい、出場を見送らざるをえなかったのだそうだ。

だから平静を装っているように見えて、実は気が気でなかったらしい。幸いすぐに体調は戻ったものの、ライバルたちがしのぎを削る姿を端から見るしかない己の立場に、ほとほと嫌気が差していたようだ。あのときスマホをぽちぽちやっていたのも、大会に出た友達にエールを送っていたのだという。忸怩《じくじ》たる想いを胸に。

つまりあの日、未緒の機嫌はすこぶる悪かった。大一番を前にしながら体調管理を怠った己の迂闊さを悔やむあまり、他のことが何も目に映らなくなっていた。

ちなみにこれらの情報は全て、彼女の妹から得たものであるが……ともかく未緒は、水泳のために全てをかなぐり捨てる決意をしたのだろうということだった。

で、間の悪い僕は、ちょうどそのタイミングで彼女に想いを告げてしまったわけである。

となれば納得せざるをえない部分もある。僕と違って未緒には才能があるからだ。水泳を始めたのは同時期だというのに、彼女はすぐに選手として開花した。

小学生の頃から大会に出ては涼しい顔でトロフィーを獲《と》ってきたし、練習中に何度となくタイムを競ってもみたが、未《いま》だに一度たりとも勝てたためしがない。

いまも昔も、未緒は本気で水泳に打ち込んでいる。生活の中心に水泳を置いているのだ。だから恋愛なんてしている暇はないのだろう。それはわかる。

価値観が違う二人が歩調を合わせることは難しい。両者が努力して歩み寄らねばならないからだ。そして僕と未緒では何もかもが違う。持って生まれた素質も、抱いた夢の大きさも、その夢にかける情熱も、何より互いの存在の重さが違う。

僕にとって未緒の存在は重い。人生においてかなりの重量を占めている。この想いが恋愛感情だと認識しているし、彼女の夢を応援するためなら潔く身を引くべきだとも考えている。

しかし未緒にとって僕の存在は、それほど重くはないのだろう。少なくとも水泳と天秤《てんびん》にかけるまでもない程度には軽いはずだ。

だから距離を置こうと考えた。泳ぎに集中する彼女を、遠くから見守ろうと。なのにだ。あの告白から二週間が経《た》った昨日のこと。僕のスマホに未緒からこんなメッセージが届いていたのである。

——『水泳部に入って』、と。

未緒とは最近、ほとんど言葉を交わしていない。クラスが別々になってしまったので顔を合わせる機会もなく、たまに食堂で鉢《はち》合わせてもどちらからともなく目を逸らしてしまう、そんな気まずい関係になっていた。

なのに何故か、水泳部には入ってくれと言う。

少し迷った。でもやることにした。

メッセージに込められた意図がどうであれ、僕の歴史上、過去一度たりとも彼女の頼みを断ったことなどないからだ。ようするに思考を放棄し、自身の習性に従う道を選んだのである。

水泳部顧問の相葉《あいば》先生に入部届を手渡すと、ちょうど明日、新入部員の実力を計るための計測会が行われるので来てくれと言われた。だから今日、この吉備乃学院近くのスイミングクラブにやってきたというわけだ。

未緒の思惑はわからない。でも良い機会だと思った。

彼女が泳ぎを見てくれるなら、伝えるべきだと思った。僕には競泳の才能はない。ただそれでも真剣なのだと。いつも本気で取り組んできたのだと——

などと、これまでの経緯を回想し終えるなり、ちらりと前を見る。

透明度の高い水の向こうに、五〇メートルプールの対岸が見える。しかしまだまだ遠いようだ。先ほどと比べてまるで近付いている気がしない。

正直、僕は愕然《がくぜん》とした。肺の中の酸素は既に枯渇しているからだ。かなり長く回想をしていたと思ったのに、実際には一〇秒程度しか経っていなかったのか？

息継ぎするか、と考える。

けれどいま、水の外に顔を出したくないという思いも強い。

水面から頭を上げた瞬間、きっと青白い顔をしてゼーゼー息を荒らげてしまうのだろう。ノーブレスでいこうとしたことくらい未緒にはバレている。そんな無様な姿を見られるくらいなら、痩せ我慢して泳ぎ続ける方がマシだ。

いいや、まだいける。リズムを崩すな。いつの間にか水平姿勢もやや乱れている。思い出せ、ストロークはただ腕を振り回すのではなく、掌を水面に置いてしっかり水を摑むのだ。

ローリングの角度も大きくなりすぎた。三〇度から四〇度でいい。

天才肌の未緒とは違い、僕は何事も理論から入るタイプだ。泳ぎながら基本に立ち返り、数秒の間にも試行錯誤を重ねてフォームを整えていく。

しかし手遅れかもしれない。水の感触がスタート時とはまるで違う。

そういえば昔、スイミングスクールのコーチが言っていた。水泳選手にとって水は最も頼れる味方であり、最大の障害であると。

水を手で掴み、足で蹴って前へと進むことで推進力は生まれる。だが動作を大きくすればそれだけ抵抗も生まれる。

この推進力と抵抗のせめぎ合いが、水泳の本質だ。

なのにいまは、水が泥のように重くまとわりついてくる。どうやら水を敵に回してしまったらしい。もはや立て直しは不可能か。

追い詰められたことを自覚すると、次第に手足も言うことをきかなくなる。藻掻《もが》くように、足掻《あが》くようにしか動かせなくなる。

くそ、息が苦しい。事前の想定が甘すぎたか。

どうしたクロール。頑張れクロール！　あと少しではないか。

ちなみに余談ではあるが、クロールは歴史に記される最古の泳ぎ方であり、紀元前三〇〇〇年の古代エジプトには既にクロール泳法を示す文字が存在したらしい。

ここまでは常識かもしれないが、実は時代とともに変遷し、最適化されているため昔のクロールは僕らの知るものとは少し違う。

現在の形の基本となったのは映画『ターザン』シリーズで主演を務めたジョニー・ワイズミュラーの泳ぎだと言われている。彼は俳優になる前は二つのオリンピックで五つの金メダルを獲得したとんでもない水泳選手だったのである……。

と、雑学で誤魔化そうとしてみたが、一向に状況は改善されない。対岸はまだまだ遠いのに、限界がじりじり距離を詰めてくる。

おかしい。さっきから全然前に進んでいないではないか。いくらブランクがあるとはいってもこんなに遠いはずがない。たかだか五〇メートルだぞ。

考えていると視界がちかちかと点滅し、プールの壁がさらに離れていくのが見えた。まるで飴細工《あめざいく》のように距離が引き延ばされていくのだ。ぐんにゃりと。

ああ、これはもう駄目だ。完全に酸欠だ。耐えられない……。

と、心が折れかけたその瞬間、水中で金縛《かなしば》りにあったように僕は静止した。

エネルギーを完全に使い果たしてしまったのか。いや、違う？

何故なら僕だけではない。目の前の水の泡も止まっている。

音もまったく聞こえない。水の音も、僕自身の鼓動の音も、何もかもだ。

まさか、これがゾーンというやつか？　スポーツ選手の研ぎ澄まされた集中力が、まるで周囲の時間が止まったように感じさせるという、あの……。

だが、待て。現状では意味がない。ゴールに到達するまでの時間が引き延ばされているのなら、この地獄のような苦しみがより長く続くだけではないか。

というより最悪だ。少しずつ前に進んでいるならまだいいが、周囲の水ごと全身が凍り付いてしまったかのように、もはや微動だにできなくなっている。

何だこれは。どういう状態だ。水中なのに冷や汗が出てくるのを感じる。

だが混乱する反面、そのうちに息苦しさが薄れてきた。さらに体を縛り付けていた重圧を感じなくなり、ふっと浮かび上がるような高揚感が膨らんでいく。

まるで夢の中のようだ。重たい水の檻《おり》から解き放たれ、空を泳いでいるかのような恍惚《こうこつ》とした感覚に一時満たされる——

ただ、恐らくその頃にはもう、酸欠により意識が混濁していたのだと思う。

何故なら、そこから先の記憶は、朧《おぼろ》げにしか残っていないからだ。

現実に起きた事態は、恐らくはもっと単純である。

前後不覚となった僕は本能からコースロープにしがみつき、何とか顔を水上に出したところで力尽きたに違いない。

つまり五〇メートルを泳ぎきることができず、途中で溺れたのである。


悩んだ末に、水泳部は辞めることにした。

根性なしと罵られようが構わない。入部初日に計測会で溺れるという醜態を晒《さら》し、部内で〝トンカチ〟なる渾名《あだな》をつけられた僕には選択肢はなかった。それを言うなら〝カナヅチ〟だろうと思ったが抗弁もしなかった。

いまでも目を閉じれば、あの日の嘲笑が耳の中に蘇るようだ。

四〇メートル地点で溺れた僕は、即座に他の部員に救助されて、それから部活終了までずっとプールサイドに寝かされていたのである。くすくす笑われながら。

溺れた原因は貧血だと言われたが、そんなの正直どうでもいい。

最悪だったのは、救助したメンバーに未緒が交じっていたことだ。

タオルを枕にして横たわった僕の隣で、彼女は別に介抱するでもなく、ただ無言のまま膝を抱えてプールの方を眺めていたようだ。

心配してくれたのは間違いないだろう。だがその場の湿っぽい空気は、長年彼女のサポート役をこなしてきた僕にとっては何より耐《た》え難《がた》いものだった。情けなさすぎてすぐにでもこの世から消えてしまいたかった。

どんな顔をして、今後一緒に部活をしろというのだ。もう水泳部は辞めるしかない。その結論に至った以後は、制服の胸ポケットに退部届をしのばせたまま日常生活を送っている。拭いがたい失意とともに。

そもそも、どうせ泳ぎの才能なんて僕にはありはしない。だったら早々に諦めて、限りある青春の時間を他の何かに費やした方が有意義ではないだろうか。

水泳部に入ってくれ、という未緒の要望にはもう応えた。辞めるなとは言われていないので構わないだろう。了承をとってはいないけれども。

といったわけで今日も放課後になるなり、教職員室の戸の前までやってきた。あとはこの退部届を顧問に突きつけるだけ、という状況なのだが——

「……あれ？　どうしたの桐原くん」

「あ、相葉先生」

後ろから声をかけられてどきりとした。相手は水泳部の顧問である相葉先生だ。

相変わらず美人だな、と一目見て思う。肩まで伸びたボブカットにモデルのような小さな顔。目鼻立ちはくっきりとしていて化粧は薄く、それでいて透き通るような肌の白さは楚々《そそ》とした白百合《しらゆり》を思わせる。

　大人の女性の魅力に満ちていて、それでいて近寄りにくさを感じさせない。服装も白いシャツの上に桜色のカーディガンを羽織り、下はプリーツスカートという簡素さにも拘《かか》わらず、芳しい香気と気品を身に纏《まと》っているようだ。

「教職員室に何か用？　担任は誰だっけ。呼んできてあげようか？」

「いえ、大丈夫です。用があるのは相葉先生ですので。部活のことなんですが……」

「ああ水泳部の？　いつもありがとうね」

　何故かお礼を言われてしまった。

「桐原くんみたいな経験者がいてくれて、本当に助かってるわ。水泳部は練習場所が二箇所に分かれてるし、どうしても細かいところまで目が届かなくてね」

「い、いえ、そんな……」

　聖母のような微笑《ほほえ》みを向けられ、本題を言いそびれてしまう僕。

　早くも決意をくじかれそうになるが、ここで踏ん切りをつけねば流されるまま部活を続けることになるだろう。何とか立て直そうとする。

「経験者といっても僕なんて……。計測会では散々でしたし」

「一年生なんだからこれからよ。ブランクもあったんでしょ？　来年には絶対選手になれるから、頑張って！」

胸の前で小さくガッツポーズをして、やや子供っぽい仕草で激励を送ってくれた。思わず表情筋が緩《ゆる》んでくる。

「あ、もしかしてまだ気にしてるの？　貧血で倒れたこと」

「ええ、まあ……はい」

「仕方ないわよ。体調不良なんて誰にでもあることよ」

「それはそうなんですけど……」

実際には違う。未緒にいいところを見せようとして、ノーブレスで泳ぎきろうとしたのが直接的な原因だ。あれさえなければ溺れることもなかっただろう。

奥歯を噛《か》みしめながらそう思っていると、先生はふっと優しげに息を漏らした。

「桐原くんってコーヒーが好きなんだってね？　比良坂さんが言ってたわ」

「え？　未——比良坂さんが？」

「ええ。受験勉強をしながら一日に何杯も飲んでたんだってね。でも貧血になる原因の多くは鉄分不足なの。コーヒーに含まれるカフェインとタンニンは鉄分の体内吸収を阻害するのよ？　食事の前後三〇分は避けた方がいいわね」

「そ、そうなんですか。初めて知りました」

「ふふ。これでも先生だからね。いろんなことを知っているのよ」

先生は少し上体を反らして胸を張ってみせた。得意げで何だか可愛い。

「だから、悩み事があったら何でも相談してね。私は水泳部顧問である前に、あなたたちの先生なんだから」

「はい……。ありがとうございます。そのときはお願いします」

いままさに大きな悩みを抱えているところなのだが……さすがにこの空気では口に出せない。相葉先生は美人で上品で清楚にして純真で、部外の男子生徒からの人気もすこぶる高い。その人がこれだけ目をかけてくれていると考えると僕の鼻も高い。

水泳部を辞めたいんですがどうすればいいですか、だなんて、いまさら言えるはずもなかった。単に生徒のまとめ役として利用されているだけだとしても。

「そういえば用事って何だったの？」

「ああ、はい。それはですね——」

と、言いかけたところで気付く。いつものやつだ。

相葉先生は羽毛のように柔らかな笑みを顔に貼り付けたまま、微動だにしない。

そして僕も動けない。喉に石膏《せっこう》を流し込まれたかのごとく、口を開いたまま一言も喋《しゃべ》れなくなった。

確認するまでもない。〝金縛り病〟である。

個人的にそう名付けたこの病気の症状は、名前の通り金縛りになって指一本動かせなくなるというものだ。恐らくは過度のストレスによる心因性の病気だろう。あの計測会の日から毎日、僕はこの症状に悩まされている。間違いなく、あのとき貧血と酸欠で溺れたのが原因だ。

何故そう言いきれるかというと、発症する時刻が固定されているからだ。毎日、午後四時一五分になると、僕は必ず金縛りになる。数秒で元に戻ることもあれば一分近く続くこともある。そして不思議なことにこの間、金縛りになるのは僕だけではない。周囲も同様だ。人も、木々も、鳥も虫も全てが静止する。まるで時が止まってしまったかのように。

とはいえ、実際に時間が停止しているわけではないだろう。生死の境界線にまで追い詰められ、集中力が極限まで高められたあの感覚が、トラウマのように脳に刻みつけられてこの状態を引き起こしているのだと考えている。

「――ん？　どうかした」

「いえ、何でもないです。ちょっと言うべきことを整理してました」

再び相葉先生が動き出したので、何事もなかったかのように返す。先生が美しすぎて見とれてました、なんて軽口が思い浮かんだがもちろん言わない。

ただ退部届を出せる空気でもないので、事前に組み上げておいたカバーストーリーを口に出した。水泳部の練習についての話だ。

「実は二軍の方で、練習方針について意見が割れてまして」

「ああ、やっぱり？　毎年そうなのよ」

先生は頬の片側に手を当てて、困ったわ、という顔をする。

最近知ったのだが、吉備乃学院水泳部は一軍と二軍に分かれており、計測会がその分水嶺《ぶんすいれい》だったらしい。新入部員でも一軍入りは可能なのだが、記録したタイムの上位数名にしかその権利は与えられないそうだ。

「ごめんね。本当はみんな〝KSC〟のプールで泳げたらいいんだけど……」

「仕方ないですよ、予算は無限じゃないですし」

とりあえず愛想笑いを返しておく。部員を格付けしなければいけない理由は、水泳部に割り当てられた予算に限りがあるためである。

一軍は近所の〝吉備塚《きびづか》スイミングクラブ〟——通称KSC——で毎日練習することができる。もちろん屋内かつ温水プールであり、専属コーチもいるという優遇ぶりだ。

ただしかなりの費用がかかるので、部員全員をその環境で練習させるわけにはいかない。だから振るい分けのために、年度初めに計測会を行っているのだ。

吉備乃は県内トップの偏差値を誇る進学校であり、未緒のようなスポーツ特待生を呼び込んでいる目的は、有り体に言えばイメージアップと実績作りが主である。だから特待生と一般生徒の間には隔絶したレベル差があり、たとえ全員をKSC内で練習させることができたとしても同じメニューをこなすことは不可能だ。一日に一〇キロ以上の長距離を泳ぐ未緒たちとは、もはや住む世界が違うのだ。

そういった理由から、実力で選ばれた一軍と、ガリ勉しかいない二軍が同じ扱いを受けられないのは仕方がないことだと思っている。

「早く屋外プールでも練習できればいいんだけどね。水はまだ冷たいと思うけど」

「さすがにいま泳ぐのは無理ですね。寒中水泳になりますよ」

二軍の練習場所は、学内の古びた屋外プールだ。四月下旬の水温はまだ低すぎるので泳げないが、水自体は張られている。長期間プールに水を溜めずにおくと、塗装が乾いて劣化したり、壁や底に亀裂が入ったりするためだ。あとは非常時に防火用水として使えるからという理由もあるらしい。

「そっか……。なら今日も陸練よね」

「はい。ランニングとストレッチと筋トレです。……で、そのランニングについてなのですが」

と問題提起していく。水泳選手の筋トレについては昔から諸説あり、指導者によって意見が分かれるところなのである。

「有酸素運動と無酸素運動では、使われる筋肉が異なります。長距離走は有酸素運動の代名詞で、遅筋と呼ばれる筋肉の増強に効果があると言われていますが……」

「そ、そうね」と先生は少し及び腰になる。「もちろん水泳も有酸素運動だから」

「いえ、水泳は有酸素運動ではありますが、競泳時には無酸素運動で鍛えられる速筋を主に使います。ですので長距離走を行うと速筋が遅筋に変質し、水中でのダッシュ力が落ちてしまうという説があるんです」

速筋を遅筋に変えるのは比較的簡単だが、その逆は非常に難しいため、安易なランニングなどすべきではないと僕は考えている。

「泳ぎの上達には、やはり泳ぐことが一番です。陸上練習に精神修養以外の意味を見出せない部員は多いですし、僕もその一人です」

だから不満が出ている。いっそ屋外プールで泳げる時期になるまでは、自主練習にしてはどうかという意見が一年生の間でも出ているのだ。そう伝えると、

「……やっぱりそうよね。実は昨日、また一年生が退部届を出しに来てね」

相葉先生は声を潜めるようにし、沈んだ表情をしながら言った。

「気温が上がるまでは屋外プールは使えないし、ランニングだけじゃ楽しくないからって……だから桐原くんだけが頼りなの！」

と、急に勢い込んで僕の手を握ってくる。

「経験者の君が一年生のリーダーになって、みんなを引っ張っていって欲しいの！先輩もいるけど、同じ一年生じゃなきゃ悩みも打ち明け辛《づら》いと思うし」

「は、はぁ」

「一年生の練習内容については、桐原くんに任せる。だからみんなをちゃんと導いてあげてね？」

期待が重い。同じ一年生にさえ、トンカチと呼ばれていることを知らないのだろうか。あと考えすぎかもしれないが、何だか話が面倒になって丸投げしてきたような……。

「……その、善処します」

でもこんな美人に期待の眼差《まなざ》しを向けられて、首を横に振れる僕ではなかった。

結局のところ、胸ポケットに忍ばせていた退部届は、その日も日の目を見ることはなく静かに眠りについたのである。

翌日も放課後になるなり退部届を出しに行ったのだが、あいにく相葉先生が不在だったためすぐに踵《きびす》を返すことになった。

部活が始まるのは大抵、午後四時少し前だ。六時限目の授業が終わって校内清掃を済ませ、それから部室棟に向かえばそのくらいの時間になる。

部長に辞める意思を伝えるという手もあるのだが、水泳部の現キャプテンは女性であり、授業が終わるとすぐにKSCへ行ってしまうため、会うのは困難。

吉備乃では伝統的に女子部員の権力が強いそうで、実績を出しているのもほぼ女子だ。なので男子はみな肩身の狭い思いをしており、プール開きまでの期間に新入部員が半分以下になることも珍しくないのだという。

学校側からすればこれ以上の部員数の減少は避けたいに違いない。相葉先生が僕に期待を寄せていると言った理由も、実はそういうところにあるのだと思う。

「……仕方がない。とりあえず今日のところは部活しておくか」

優柔不断な自分への失意を抱えたまま、屋外プールに併設された水泳部の男子更衣室に入ると、古びたロッカーの前で素早く学校指定のジャージに着替えた。

他に部員の姿は見えない。僕が提案しようがしまいが既に自主練状態になっているのだが、先生から一任された以上何も言うまい。部室から出て校外へと向かう。

ランニングメニューは吉備乃学院の周囲を五周と定められている。終わった者からストレッチをして、各種筋力トレーニングにうつることになる。

たかが五周とはいえ、これが結構きついのだ。学院周辺の道はかなり高低差が激しく、スタートからずっとなだらかな上り坂が続き、裏手にそびえる大きな山の登山道近くまで行かなければならない。

しかも、いま僕がやっているのは、一般的なランニングの走り方ではない。短距離ダッシュと休息を繰り返す変則的な走法である。速筋を鍛えつつ心肺機能を向上させるのが目的で、自己流だが理にかなっていると考えている。

ただしこれ、上り坂でやるとかなりしんどいのだ。しかも中学生の頃より体力が落ちているようで、コースの三分の一も消化しないうちに全身汗だくになってしまう。

途中、息が整うまで歩いていると、誰かに肩を強く叩《たた》かれた。

「おいトンカチ！　ちんたら歩いてんじゃねえよ！」

「磯谷《いそがい》先輩……」

汗でベトベトの腕を肩に回してきたのは、二年生の磯谷直哉《なおや》だ。

「もうへばったのか？　そんなんだから溺れんだよ、おまえは」

「すみません。ちょっとブランクがあって」

速筋がどうのと下手な言い訳はしない。こんなふうに頭ごなしに否定してくる人に説明したところで、理解が得られるとは思えないからだ。

「早めに体力戻しとけよ？　夏の合宿はきっついからな。離島までみんなで泳ぐんだ。途中で沈んでも助けてはやれないかもな？」

「はい……。頑張ります」

「ところでよ」と彼はそこで口調を変えた。「和田《わだ》のやつ見なかったか？」

「和田くんですか？　さぁ……」

その問いには、わざと惚けて答えた。和田智則《とものり》は、計測会で僕より一つ上の順位だった一年生だ。ようするにビリから二番目である。

長身で均整のとれた体つきをしており、如何《いか》にも泳げそうなやつだと思っていたが、タイムは四〇秒超え。練習にも熱心ではないようで、部活中に顔を合わせることなどほとんどない。

だが校内で女子部員と一緒にいるところは時折見かけていた。しかも毎回違う相手とだ。なので印象は悪く、ナンパ目的で入部したのではと疑っているくらいだった。

「今日は見ていませんね」

「そうか……。部室に私物が置いてあったから、いるはずなんだがな」

納得していないような口調で磯谷先輩は言ったが、「まあいいや」と続けて腕を解いた。それから「辞めんなよ」と釘《くぎ》を刺しつつ走り去っていく。さすが二年生というべきか、どうやら新入部員の心理はお見通しらしい。

一人になった後、僕はその場に立ち止まって溜息をこぼした。

磯谷は口が悪く、ことあるごとにこちらをからかってくる面倒臭い先輩だが、二軍では一番真面目に練習に取り組んでいる人物でもある。その証拠に体力もずば抜けて高く、ランニングで息切れしている姿なんて見たことがない。ただそれでも、大会に出れば予選落ちは免れない程度のレベルだと思う。

競泳の世界は甘くない。記録を残すような凄《すご》い選手は、小学生の頃から頭角を現しているものなのだ。

そして世界はなお広い。突出した才能の持ち主ですら、全国大会に出れば否応《いやおう》なく凡人であると気付かされ、世界を見れば越えられない壁が見渡す限りに立ちはだかっているのだという。現実は過酷である。

しかしそうなると、我々ごく普通の高校水泳部員はどうすればいいのか。

大した記録も残せず、大会に出ても一着にはなれない。残るモチベーションといえば、単純に泳ぐことが好きだとか、競泳以外の水泳競技を楽しみたいだとか……。

けれど残念ながら、いまは四月下旬である。屋外プールの水は凍えるほどに冷たいだろう。新入部員がどんどん辞めていくのも当たり前のように感じられる。なら僕が辞めたいと考えるのも必然ではなかろうか。

そんなことを考えつつのんびり歩いていると、次第に息が落ち着いてきた。

と同時に、坂道の頂点も見えてきたようだ。

コンクリートで固められた山麓の斜面にはびっしり苔《こけ》が生えている。周辺は全体が日陰になっていて、高台でもあるため常に清涼な風が吹いているようだ。

ようやく人心地ついて、再び走り出そうと思っていると、どこかから「遅ぇぞ」と聞こえてきた気がした。

見ると、西日を浴びて橙《だいだい》色のカーテンが下りた視界の中に、人影があった。

登山道の隣に設けられた、山麓の神社に繋《つな》がる石段の一番下の段に、誰かが腰を下ろしてスマホをいじっているようだ。

「おい一年坊。何分かかってんだ。とっととランニングを終わらせて部室に戻れ」

「先生。勤務中にスマホいじってていいんですか？」

白い目を向けながら言うと、その若作りの中年男性が切れ長の目をこちらに向ける。

「先生じゃねえよ。俺は雇われコーチだ」

「そうですか。でも勤務中なのは同じでは？」

「これも仕事だよ。……いろいろ大変なんだよ、大人は」

はぁ、そうですかと僕は答える。恐らくは株でもやっていて、スマホで株価の変動を見ているのだろう。

うちの父もよく食事中に同じようにしていたなと思い出す。そしてよく母に怒られていた。行儀が悪いと。

「何見てんだよ。ほれ、行った行った。おまえらのランニングが終わらねぇと一軍の練習を見に行けねぇだろうが。……ったく面倒くせえな」

「はーい」と答えて走り出す。

部活を始めて以来、この結城《ゆうき》コーチの姿はランニングコースの中間地点でしか見たことがない。一応校外に出るので、顧問が同行しなければならないという規則があるのだろうが、気の抜けた監視以外をしている様子はなかった。

ああ見えて日本記録持ってるらしいぜ、とは磯谷先輩の弁だ。ただ働きぶりを見ている限りはそんなに凄い人には思えない。プールでの練習が始まれば印象も変わるのかもしれないが……そう思いつつ今度は坂を下りていく。

するとも全身をじっとり湿らせていた汗が、体を受け止めるように吹いてきた風に拭われていった。この瞬間だけはいつも爽快だ。

景色も悪くない。ここから先は閑静な住宅街の沿道であり、吉備乃学院の校門までまっすぐ眼下に延びている。途中には磯谷先輩の小さな背中も見えた。

いまから全力疾走すれば追いつけるかもしれないと思ったが、そんな無駄なことを僕はしない。ただ体を前に傾けて、重力に逆らわず前へ前へと足を出す。膝を柔らかくして衝撃を逃がすことも忘れない。

そうしながら、ほぼ無意識のうちに、腕を回してクロールの姿勢をとっていた。

子供の頃は、本当に水泳が好きだった。陸の上にいるよりも体が軽くてまるで宇宙空間に浮かんでいるような、遙《はる》か上空を飛んでいるような気持ちになったものだ。

目を閉じて、しばしその感覚を思い出すように体を動かす。

いつからだろう、水が体にまとわりついてくるように感じ始めたのは。動きを阻害するほど重く感じられるようになったのは。

記憶を掘り下げようとしているうちに、意図せず動作が緩慢《かんまん》になっていく。

そのうち手も足も、見えない腕に掴まれたがごとく動きが鈍くなってきた。加えて視界に映る全てがスローモーションに陥り、それでいて思考は澄み渡るようだ。

恐らくは集中力の向上によって時間の感覚が引き延ばされ、一秒一秒が長く、重く感じられるようになっているのだろう。

いつものあれがきた。金縛り病だ。

そしてやはり動けなくなる。困ったものだ。これがたとえば野球の試合中ならば、ボールが止まって見えるため活躍できるかもしれない。けれど時刻は午後四時一五分で固定であり、狙ったタイミングでは発症できない。時報代わりにしか使えない……。

——いや、待て。

何かがおかしいと、脳内で警鐘が鳴り響く。

金縛りが、終わらない。こんなに長いのは初めてだ。

もう一分は経っているだろう。呼吸も心臓も止まっているのに苦しくはない。だがこのままの状態でいることに不安がある。にわかに恐怖に似た感情が込み上げてきて、狂躁にかられるように体を動かそうとした。

でも動けない。なのに感覚だけが無闇に鋭敏になっているらしく、全身の汗がやけに冷たく感じた。体温もどんどん下がっていくようだ。

直後、体の内側から震えが起こった。だというのに指一本動かせない。あまりにも窮屈で理不尽だ。じっとしていられない。その束縛感を嫌悪するあまり、解放を求めて僕は身じろぎを続ける。

が、瞬き一つできなかった。しかしだからこそ、抑圧に抵抗したい衝動が際限なく膨らんでいく。動きたい。動くのだ。動かせてくれ。

やがてその欲求は頂点に達し、そして――

「………ぐっ。うああっ！」

胸の奥で絶叫を上げつつ全身に力を漲《みなぎ》らせていると、とある一点を超えたところで唐突に拘束が解かれた感覚があった。喉から声も飛び出した。

走行体勢のままだった僕は、その勢いで重心を見失い、あえなく足をもつれさせてその場に転がり込んでしまう。

「いてて……」

咄嗟《とっさ》に受け身をとったおかげで、どうやら大きな怪我は免れたようだ。掌に擦り傷を作った程度で済んで、少しほっとする。

だが目下の問題はそんなことではない。傷痕の確認もそこそこに、慌てて立ち上がるなり周囲に視線を巡《めぐ》らせた。

するとやはり止まっている。

目に映る景色の全てが、完全に静止していた。

羽ばたく鳥も、舞い散る八重桜《やえざくら》の花びらも、空中で停止している。
眼下に見える磯谷先輩の背中も、一切上下していない。
「な……。なんだこれ」
驚嘆のあまり目を丸くしながら、辺りをぐるぐる見回し続ける僕。
言うまでもなく、これはもう金縛り病ではない。だって動けているのだから。
なのに周囲の風景は静止したままだ。言うなれば時間停止現象といったところか。
「おいおい。まるでファンタジーじゃないか……」
そう口にするなり、胸の奥からわくわくとした何かが込み上げてきた。
一体何がどうなってこんなことが起きているのか。当然わかるはずもなかったが、
もはや不安はない。動揺よりも興奮の方が大差で勝っていた。
ただ未知への好奇に突き動かされて、足が自然に前へと動く。
それから最初にやったことは、磯谷先輩に追いつくことだった。
相手はもちろん前進していない。だからその背中にはすぐに手が届いた。
「――うわ。本当に止まってる。まるで凍ってるみたいだ」
無遠慮に彼の体に触り、その感触がまるで覚えのないものだということに驚く。
ジャージも汗も、顔の表面もカチカチだ。たとえるならプラスチックの手触りに似

ているだろうか。体温もまるで感じず、ひんやりと冷たい。

「もしかして、全世界の時間が？　僕以外全てがこうなってるんだろうか」

答えるものなどいないが、疑問をこぼしながらさらに足を進めていく。

校門の方に戻れば人通りも多くなるだろう。そうすればこの現象がどこまでの規模で起きているのかわかるはずだ。

考察しつつ早足で歩き、道の脇にある民家の軒下などを覗《のぞ》いてみる。すると猫が伸びをした姿勢で動きを止めており、瓦屋根から飛び立とうとするカラスも翼を広げたまま固まっていた。

「時間が止まったら何をするか、なんて妄想したことはあるけど……」

大抵はテスト前の追い込みの時期などにだが。でも実際にこうして止まったところを見ると、いろいろと不自然な事象が目につき、疑問が次々脳内に湧いてくる。

まず、時が止まった中でどうして自分だけが動けるのかがわからない。もしや何らかの特殊能力に目覚めたのか。きっかけは計測会の日に溺れたことだろうか。

次に考えたのは、時間停止の適用範囲はどこまでなのかということ。

少なくとも人や動物は動いていない。しかし太陽光はいまもさんさんと降り注いでいるし、こうして普通に歩けているのだから重力もある。

「となると時間停止現象じゃなくて、時間遅延現象なんだろうか」

太陽光についてはそう考えるしかない。光速は秒速三〇万キロメートルだ。時間が多少遅くなったところで、体感できるほどの影響はないはず。

となると、磯谷先輩も恐らく、肉眼では判断できないほどの低速で動いているのだろう。肌に触れたときの感触もそれを物語っている。

たとえば高速で移動する物体が水面に落ちれば、衝撃はその速度に比例する。一度でも飛び込みをやればわかることだが、普段は柔らかい水面がコンクリートのように硬くなるのだ。その理屈を適用するならば、あの手触りも納得だ。

などと、考え事をしながら歩いていると、いつの間にか校門に辿り着いていた。

下校時間はかなり過ぎているが、未だに生徒の数は多いようだ。校門前の交差点にもたくさんの車と、歩行者の姿がある。

しかしやはり、誰もが完全に動きを止めていた。もはや疑うべくもない。

そう、この止まった世界の中で動けるのは、僕一人なのだ。

「凄い……。これは本当に凄いぞ！」

どんどん気分が高揚してきて、口から自然と言葉が溢れ出してくる。

何が凄いかといえば、優越感が凄い。

誰も動けず、誰も認識できないであろうこの止まった世界の中で、僕だけが自由に動くことができるのだ。それってもう世界を支配したのと同義ではないか。

誰にも邪魔されず、思いのままに過ごすことを許された世界。それを手に入れたというのであれば、些細な悩みなんて簡単に吹き飛んでしまう。

もしも、もしもだ。自在に時を止めることができるようになれば、スポーツの世界では無敵の存在になれるだろう。

いや、もちろんスポーツだけに留まらない。どんな仕事にも、どんな場面にだってこの能力は活《い》かせる。将来は安泰だ。大金持ちだ。

ただ残念ながら、この現象がこれから先も毎日続く保証はない。

たまたま何かの弾みで偶発的に遭遇してしまっただけで、二度と起こらないかもしれないのだ。それこそＵＦＯを目撃したようなものかもしれない。

まあ再現性についてはいま考えても仕方がない。とにかくこの素敵な時間を楽しまなければ勿体《もったい》ない気がする。僕はさらに歩幅を大きくしていく。

弾むような足取りのまま校門を抜けると、まず校舎の上部に設置された大時計に目がいった。やはり針は動いていないようだ。

時刻はやはり、午後四時一五分。計測会で僕が溺れた時刻である。

「なるほど……。やはりあの生死の狭間《はざま》に落ちる感覚を経験したことで、内なる特殊能力が開花した、そう考えるのが自然だな」

金縛り病はその兆候だったのだ。何とも心躍る話ではないか。

「やばい。これはやばいくらいやばいぞ」

脳内をひたひたに満たしたアドレナリンのせいで、言語能力が低下してきたようだ。ただ自重すべき理由もないので、独り言を垂れ流しながら校内を練り歩いていく。

そうだ。もっと大勢の人がいるところが見てみたい。グラウンドにいけばサッカー部が練習しているはずだ。それらがみな、躍動感溢れるポーズで静止しているのだとしたらさぞや壮観だろう。

沸き立つような感情を噛みしめながら足を進めていくが、校舎の狭間にある中庭を抜けた方が早いと思い直して、進路を変える。

初代学長の胸像の前を抜け、春の花が咲き乱れる庭園を横目に、さらにその先へ。

窓から見える教職員室の中の営《いとな》みも、ぴたりと停止していた。相葉先生も固まっているのだろうか。それは少し見てみたいが……。

と、考えつつさらに進んだところで、思いがけないものが視界に入って足を止めた。

教室棟の手前。中庭に面した食堂のテラス席の一つに、見覚えのある生徒たちの姿が見えたのだ。

「和田と西森《にしもり》と……萩原《はぎわら》さんか」

四人掛けのテーブルに生徒は三名。水泳部に所属する一年生の和田智則と萩原彩奈《あやな》、それから二年生の西森航《わたる》だ。

和田という男の容姿を端的に言えば、色黒のニヤケ面をしたイケメンである。髪型はサイドを刈り上げた短髪だが野暮ったい感じではなく、パーマとワックスで丹念に毛束を整えているあたり相当オシャレに気を使っているとわかる。

西森もやはりショートカットに同じような軽めのセットをし、何故かワイシャツの胸元をやたら開いていた。

偏見かもしれないが、二人ともどこか遊び慣れている印象がある。そんな彼らが、眼鏡をかけた地味系女子の萩原と一緒にいるのは少々違和感があった。

ただ、全員が制服姿のままであり、テーブルにトランプが広げられているところを見ると、どうやら練習をさぼって遊んでいるようだ。

「こいつら何やってんだ……。いや、待て」

もっとよく観察しようと、そちらへ近付く途中で気付いた。彼らの隣のテーブルには通学鞄がまとめて置かれていたのだが、その数は四つ。

そして一番正面にある鞄のポケットから、見覚えのあるスマホカバーのはしっこがはみ出しているのがわかった。となればあれは、未緒の鞄である。

「……未緒もいるのか？　練習はどうした」

すぐに周囲を見回してみるが、近くに姿はないようだ。だがスマホを置いて席を外しているとなれば、恐らく遠くへは行っていないはず。多分トイレだろう。

それはいいとしても……。

「ちょっと釈然としないな」

何が気に入らないって、人数の配分が気に入らない。状況的には、男子生徒と女子生徒で二対二である。部員同士のコミュニケーションに目くじらを立てるつもりはないが、水泳一筋の未緒がこういう会合に参加しているのが腑に落ちない。

多分、萩原に誘われて断れなかったのだろうとは思う。顔だけ出してKSCの方に練習に行く気に違いない。そうであって欲しい。でなければ彼女に振られた僕の立場がないではないか。

とはいえ、その行動をいちいち監視して文句など言えば、もはや立派なストーカーである。この場は見なかったことにして立ち去るか、と思ったそのとき。

「ん？　何だこれ」

テーブル上に広げられたトランプの配置が、まるで見覚えのないものだと気付いた。カードの一部が横一列に並べられ、その中で二枚だけ表を向いているカードがある。ハートのエースと八だ。そして使われていないカードは端に重ねられているようだ。どう見てもポーカーや大富豪ではない。七並べや神経衰弱でもないだろう。僕の知りうるどんなゲームとも違うようだ。

果たして彼らは何の遊戯に興じているのか。にわかに興味を引かれ、テーブルに向かって腰を屈めたところで、和田が手にしていた新書サイズの本に目が留まった。

「トランプ……恋占い？」

本のタイトルを認識するなり、たまらず口角を上げて頬をひくつかせてしまう。色眼鏡で見ているのかもしれないが、和田のようなチャラい男子が読むような本ではないと思った。この集会の不自然さにさらなる疑念が募る。

「ちょっと失礼」

言いつつ僕は、和田の手から本を取り上げようとした。

触ってみるとトランプの本は、さっきの磯谷先輩と同じようにカチカチに固まっていた。だが力を込めて引っ張ると、何とか手から外すことができた。

そして一度動かすことに成功すれば、あとは自由にページをめくれるようになる。

ただパラパラと斜め読みしてみたものの、どの占いをしているのかはわからない。

「いかにも怪しいな」

テーブル上に広げられたカードも確認してみることにした。こちらも凍結したように最初は動かなかったが、爪先をひっかけて力を込めると、簡単に裏返すことができた。なるほど、物体の質量によって動かしやすさは変わるのか。

「普通のプラスチック製のトランプみたいだけど、でも恋占いってのはなぁ……」

いまこの場に未緒はいないが、四人でやっていたと考えると問題だ。テーブルを囲んで談笑するその光景を想像するなり、腹の奥に熱いものが込み上げてくる。

率直に感想を述べると、むかついた。

そもそもいまは部活の時間ではないか。練習をさぼってこんなところで遊んでいる彼らにも、その会合に参加している未緒にも失望の念を禁じ得ない。

「大体、男女が二対二で恋占いとか、それもうナンパだろ」

自ら口に出してから気付く。そういえば和田は、女子生徒を取っ替え引っ替えして高校生活を満喫しているのだ。なのに未緒までその毒牙にかけようとは……。

けしからん。まったくけしからんやつだ。

無駄に整ったこの顔に落書きでもしてやろうか。都合よく時間も止まっていることだし、もしやったとしても僕が犯人だと疑われることはないだろう。

憤慨しつつ、その辺にボールペンでも転がっていないかと見回したその瞬間――

「――えっ？」

世界が暗転し、周囲の景色がするっと切り替わった。まるで目の前でスライドが差し替えられたようにだ。

数瞬後、気付けば僕は、見慣れたランニングコースの途中に引き戻されていた。

「ちょっ⁉　待っ」目の前には下り坂。体勢もかなり前のめりだ。

危うく転びかけたが、数歩よろけただけで無事に済んだ。先ほども同じ目に遭ったので、体が勝手に反応し、バランスをとってくれたらしい。

「……は？　いやいや、何だったんださっきのは」

すっかり独り言が癖になっており、ぶつぶつ言いながら辺りを見回す僕。

何の変哲もない、いつもの住宅街の沿道だった。振り返って坂の上に目を向けると、西日に曝《さら》された裏山が陰影の濃い顔つきでこちらを見下ろしている。

「となると……もしかして夢だったのか？　あれが全て白昼夢？」

自らそう口にしつつも、にわかには信じられない思いだった。あんなリアルな夢があってたまるものか。

一度頬を叩いて己の正気を確認してみる。それから転倒したときに傷ができたはずの掌を見てみると、その痕跡は綺麗さっぱり消えていた。どういうことだ……？

だがここ最近、頭を悩まされているあの金縛り病は夢ではない。現実だ。ならあの金縛りを越えた先に、時間が静止した世界があるのではないか。その可能性はある。

「……確かめる方法は、一つだけあるな」

そう言って顔を上げた僕は、意を決してランニングを再開することにした。

目的地は既に決まっている。あの食堂のテラス席に和田たちがいれば、さっきまで見ていた光景が夢ではなく現実の出来事だったと確証が得られるだろう。

そのために僕は走った。ほぼ全力疾走に近いスピードで。

食堂までの最短距離は、校門を抜けて特殊教室棟を突き抜けるコースだ。

校舎に入ると、生徒の姿はほとんど見られなくなった。部活がある生徒はそれぞれの部活に勤しんでいるし、そうでない生徒は下校しているからだろう。

衆目がないことに安心しつつ、リノリウムの廊下を抜けて食堂のある西棟へ向かう。

教職員室を尻目に仕切りのガラス戸を開けると、すぐにテラス席が見えてきた。

食堂も売店も放課後は営業していないが、飲料の自販機だけは動いている。そして構内は常時開放されているため、テーブル上に教科書を広げて自習している者もちらほらいるようだ。

勉強に集中したいなら図書室へ行った方がいいと思うが、お菓子や飲み物を広げて友達同士で教え合いながら自習をするには都合がいいのだろう。

それはともかく。

「おかえりー」

眼鏡の地味系女子、萩原がのんびりした声で呼びかける。ただ、もちろん僕に向けて言ったわけではない。その顔は食堂の反対側を向いていた。

「ただいま」とにこやかに返しつつ、椅子を引いて座ったのは未緒である。

テーブルの向かい側には和田と西森の姿も見えた。やはりさっきの現象は夢ではなかったのだと確信を深めつつ、こっそりそちらへ近付いていく。

そして、彼らが荷物置きに使っているテーブルを挟んだ位置にある席に陣取ると、横目で様子を見つつ聞き耳を立てた。

「比良坂さんが席を外してる間に、先に始めてたんだけどさ」

未緒から見て、向かって左側に座った和田が、ペットボトルの蓋を閉めながら言う。

どうやら時間停止中に見た光景よりも、状況は進んでいるようだ。校舎裏からここまで走ってきた分、時間が経過しているから当然だろう。

和田は水滴のついたペットボトルを端に置き、作り込んだ笑顔で未緒に話しかけている。僕は可能な限り気配を消しながら、ちらちらと監視を続行する。

するとおもむろに、テーブル上のトランプをまとめて束にした和田が、それを未緒の方へと差し出した。

「早速だけど比良坂さん、シャッフルしてくれる？」

「はい、いいですよ」

軽い調子で返事をして、未緒はトランプの束を受け取った。

滑らかな手つきでゆっくりシャッフルしたところで、右側の男──西森が腕を伸ばしてくる。

「じゃあ貸して。比良坂さんのイニシャルはＭ・Ｈだから……」

西森はトランプを手元で扇形に開き、目を素早く動かしてカードを確認していく。

「ハートのキングと、ハートの八だね。ほらあった。これを裏返してと」

二枚のカードを引き抜き、裏返してから同じ場所に差し込んだようだ。

「え？　それって何をしてるんですか？　ゲームをするんじゃ？」

未緒がそう訊ねると、「占いだよ」と萩原が答えた。小柄で声の細い彼女の耳には、黒い眼鏡のつるがちょこんと載っている。

「いま説明するから」

と和田が宥《なだ》めるように言う。

「トランプは一つのマークにつきエースからキングまでの一三枚。そしてマークは四種類だから計五二枚ある。これは知ってるよね」

「ジョーカーは無しですか？」

「今回はなしね」

西森が爽やかに微笑んでみせた。和田は説明を続ける。

「この占いでは、占われる側のイニシャルが重要になる。対象が男性ならスペードとクラブ。女性はハートとダイヤ。両方とも二六枚ずつだろ？　一方アルファベットも二六種類だから」

「ね？　凄いでしょ！　ぴったりなんだよ！」

萩原は大袈裟に驚き、未緒の肩をぽんぽんと叩く。

「あ、うん。凄いね」

仕方なさそうに未緒が笑って同意したところで、西森はトランプの束をテーブルの中央左寄りに置いた。

束の一番上に掌を置いて、すっと右側へスライドさせると、カードがそれぞれ半分ぐらい重なり合った状態で、綺麗に横一列に並ぶ。

目を凝らしてみると、赤い背中を向けた多数のカードの中に、二枚だけ表を向いているものがあった。それが多分、ハートのキングと八なのだろう。

「ちょっと長くなるけど、説明を続けるね」和田が猫なで声を出す。「女性の場合、ハートがアルファベットのAからMまでで、ダイヤがNからZまでに対応してるんだ。つまり比良坂未緒ならHがハートの八で、Mがハートのキングになるってわけ」

「簡単でしょ?」

萩原が訊ね、未緒がうなずく。それからさらに和田が口を開く。

「こうやって並べてみると、カード全体が三つに分割されたのがわかるかな。一番左のカードからハートの八までの何枚かと、八からキングまでのカード。そしてキングから右端までというふうにね」

「実はね、これ恋占いなんだ」

西森がそう言った後、和田が「興味出てきた?」と反応を窺《うかが》いつつ続ける。

「重要なのは、三分割された裏向きのカードだよ。左から比良坂さんの過去、現在、未来の恋愛運を表してる。……んで、まずはこの過去のカードを捨てちゃう」

左端からハートの八の手前までを和田が束ねた。そしてテーブルの隅へと除外する。

「恋愛には過去なんていらないからね」

西森が格好つけた声でいうと、きゃーと萩原が歓声を上げ、未緒の肩を掴んで前後に激しく揺すった。角度的によく見えないがきっと困り顔をしているだろう。

「あとは残ったカードをそのまま束ねて……。はい、あとは比良坂さんにお任せ」

「えっ、わたしに？」

和田にカードを渡され、未緒は困惑した声を出す。

「あの、どうすれば」

「まずは現在と未来のカードを分けて、ハートの八とキングも別にする」

「……はい、しました」

「現在のカードを一番上から順に開いていく。……あっ、前もって言っておくけど、それぞれ一番下のカードだけは開かないでね？　他のカードを順番に開いて、マーク別に分けて置いていくんだ。そして最後の一枚はイニシャルカードの上に置いて」

和田の指示に従って、未緒はカードを開き、四つに分別していく。

そして最後の一枚だけは裏向きのまま、ハートの八の上に重ねて置いた。

「未来のカードも同じようにしてくれる？　やっぱり最後の一枚だけはめくらずに、ハートのキングの上に置いてみて」

「はい」

要領を摑んだのか、未緒の手つきが早くなっていく。

あっという間にカードを仕分けして、最後の一枚をキングの上に置いたようだ。

こうしてテーブル上には三つの区分が築かれることになった。イニシャルカードとその上に置かれた裏向きの二枚。そして現在のカードが各マークごとに四束。さらに、未来のカードもマークごとに四束だ。

「ご苦労様。それじゃあ解説するね」

和田はテーブルの脇に手を伸ばし、例の『トランプ恋占い』なる本を手に取って、タイトルを正面に向けて見せつけるようにした。

「それって占いの本ですか？」と未緒。

「その通り。実は水泳部の備品なんだけどね。……あ、男子更衣室の隣に備品の管理室があるんだけどさ。そこっていつも鍵が開いてて、実質二軍の部屋になってるんだ。興味があったらいつでも来てくれていいよ？　雑誌とかいっぱいあるし、冷蔵庫に飲み物も入ってるからさ。マンガ喫茶感覚で遊びに来てくれると嬉しいな」

「いいんですかぁ？　私、本当に行っちゃいますよ？」

見かけによらず、一年生ながら一軍入りを果たした萩原が言う。

「全然いいよ！　熱烈歓迎だからさ。比良坂さんも一緒に、ね？」

「え？　はい。機会があれば」

未緒は明らかに返事を濁した。すぐに「占いの結果はどうですか」と話を転換する。

「ああ、うん。ちょっと待って」

和田は手元の本をパラパラとめくった。

「まずは現在のカードの解説からだね。各マークの一番上のカードで、現在の運勢がわかるんだよ。ええと、スペードの九は失望と後悔。クラブの三は抑圧。ハートの二は愛と友情の間。ダイヤの四は執着と代償だね。……どうかな？　ちょっと当たってるところがあるんじゃない？」

「………」

そのとき未緒がどんな表情をしていたかはわからない。けれど、数秒ほどしっかりと沈黙した後に、呟くようなトーンで「当たってます」と答えた。

「ははっ。そうだろ？　よく当たるんだよこれ」

和田はすっかり気を良くしたようだ。

ニヤニヤと締まりのない顔をしたまま、続けざまに未来のカードの解説にうつる。

「スペードは三。意味は撤退と防衛。クラブは六か……勇気と交渉だね。ハートも六で関係性の逆転。ダイヤの五は物理的なトラブル」

胡散臭《うさんくさ》い。いや、胡散臭すぎるだろうと僕は思った。どうとでも解釈できるような曖昧な語句ばかりじゃないか。バーナム効果を狙ってるだろそれ。

しかし未緒には何か感じるものがあったようで、その都度小さくうなずいているように見えた。背筋も普段のように伸びておらず、いつになくしおらしい態度だ。

「んで、ここからがクライマックス！」

和田が調子を上げてきた。

「いま比良坂さんのイニシャルの上に、二枚のカードが置いてあるよね？　実はこれ、運命の相手のイニシャルになってるんだよ！」

「凄いでしょ！」

萩原がテーブルを揺らして興奮を表現しつつ、未緒に言う。

「私もさっき占ってもらったんだけど、凄かったんだよ！」

「はは、まあその可能性があるって話だけど」と西森。「もちろん男性のイニシャルだから、スペードかクラブのペアじゃないといけない。ハートやダイヤが交じってるようじゃ、まだ比良坂さんには運命の相手はいないってことになる」

「ちなみに私はね、ちゃんと男性のイニシャルだったから！」

言いながら萩原は、何やら意味ありげな視線を対面へと向けた。

するとと西森がわずかに口角を上げて、ニッと爽やかな笑みを返す。

おいおい、ちょっと待て。まさかこれは……。

「わかりました。スペードかクラブですね」

未緒は静かに言った。どこか諦念が滲み出たような声だった。その表情が気になって仕方がないが、この角度からは窺えない。

やきもきしているうちに細い指先がカードに伸びていき、そしてするっと裏返した。

「あ」

と小さな声が漏れた。その瞬間に僕の鼓動も高鳴った。

裏返されたカードのマークが、ぎりぎり見えた。クラブの一〇だ。

「アルファベットで言えばWだね」

と和田が言った。何やら楽しそうに。

残念ながら僕のイニシャルではなかった。けれども、そこでようやく確信したのである。この占いの裏側に隠された作為について。

思い出せ。時間停止中に見たトランプを。二枚だけ表になっていたカードはハートのエースと八だったはず。なら裏返したときに見た隣のカードは——。クラブのエースと、一〇だ。イニシャルはＮ・ＷかＷ・Ｎ。つまり西森航。ふざけやがって。萩原の運命の相手は西森だったというわけだ。そんな偶然があってたまるものか。笑わせるなよ。

イカサマ占いだとわかった途端、体の底から耐え難いほどの怒りが込み上げてくる。何が恋占いだ。やはり体のいいナンパではないか。きっと彼らの常套《じょうとう》手段なのだろう。目当ての女子を見つけてはこうして占いに誘い、自分こそが運命の相手だとアピールするわけだ。ただの知り合いから恋愛対象へと、認識のレベルを上げるための小細工といったところか。だが明らかになってしまえばこれほど恥ずかしい話もない。トリックを使ってまで点数稼ぎをしたいだなんて、クズ野郎ここに極まれりだ。

許せない。そう思うと同時に、頭の中にあの日の記憶が渦を巻き始める。一体僕が、どれだけの想いで未緒に告白したと思っているんだ。

彼らは軽い気持ちでやっているのだろうが、イカサマ占いで運命の相手詐欺なんて恥を知れと言いたい。真正面からぶつかって玉砕した僕の身にもなってみろ。しかも、こともあろうに未緒を相手に選ぶだなんて、誰が許してもこの僕が許さない。

わかっている。ここで割って入るのは僕のキャラじゃない。

でも行かなきゃ駄目なんだ。

未緒はああ見えて結構乙女なところがある。信心深いところもある。こんな見え見えのイカサマでも、万が一信じてその気になってしまったら大変だ。

もし何かの間違いが起きて、あんなインチキ野郎と未緒が付き合うことにでもなれば、僕の精神は確実に崩壊してしまうだろう。即座に切腹して果てるしかない。

だから覚悟を決めて、立ち上がるなりこう言った。

「——待てよ。そのカードをめくる必要はない」

それからわざと足音を立てて近付くと、未緒の肩に手を置いた。

するとカードに集中していたテーブルの面々が、一斉にこちらを振り向く。

彼らの突き刺すような視線に一瞬後ずさるも、いまさら止まれないし止まらない。

「未緒。もう一度言うけど、そのカードをめくる必要はない」

端から見れば、とんだ闖入者だろう。大して面識もない相手が突然乗り込んできて、歓談中の場を掻き乱すような真似をしているのだ。唖然《あぜん》とするのも当然。

案の定、テーブルの四人はしばし口を開けて固まっていたが、いち早く硬直から抜け出した西森がこう訊ねてきた。

「……ええと、トンカチ——いや桐原くんだったかな。何か用？」

「先輩、悪戯《いたずら》がすぎますよ」

相手のペースで進行させるのは好ましくない。未緒がめくりかけていたカードを上から手で押さえると、大きく見開かれた目がこちらを向いた。

「綾——桐原くん、急にどうしたの？　何でここに？」

「どうしたの、じゃない。幼なじみとして、おまえが騙《だま》されるところを見ていられなかっただけだ」

「はぁ？」

僕の言葉に鋭敏に反応した和田が、すぐさま怒気をはらんだ声を出した。

「ちょっと待ってくれる？　桐原くんさぁ、それどういう意味で言ってんの？　もしかして、俺らが比良坂さんを騙そうとしてるっての？」

「逆に聞くけど、それ以外の意味に聞こえたのか？」

「おいおい」と和田のボルテージが上がっていく。「いきなり割り込んできて何なの君。俺たちはこの本に載ってる通り、そのままの手順でやってただけで」

「いいや、それは嘘《うそ》だ」

「何を根拠に」

「クラブの七」

言うが早いか、僕は最後のカードを裏返してみせる。

直後、その場にいた全員が、テーブル上を凝視して動きを止めた。

めくられたカードは確かに、クラブの七だったのだ。

「――根拠はこれだ。何が言いたいかわかるよね、和田くん」

出揃《でそろ》ったイニシャルは、WとT。

和田智則は、ぎりりと奥歯を噛みしめるようにして、その端整な顔を歪《ゆが》めた。

「……つまり、君はあれか？　俺がどこかでイカサマをしたと、そう言いたいのか」

しかし苛立ちを顔に出したのは一瞬だった。彼はテーブルの上に両肘を乗せ、前傾しながら穏やかに問いかけてくる。

「いや、イカサマというか、手品かな」

そう告げた瞬間、和田のこめかみに血管が浮き出た。

「イカサマも手品も一緒だろう？　俺がカードに細工をしたと言いたいんだろうが。言っておくがシャッフルしたのは比良坂さんだぞ。マーク別に並べたのもイニシャルのカードをそこに置いたのも彼女だ。俺はほぼカードを触ってない」

「いや、ほぼ触ってない、とは言えないんじゃないかな」

「わからないやつだな。何ならもう一回やってみて──」

「ねぇ桐原くん、どういうこと？　ちゃんと説明して」

曇りのない眼で未緒が訊ねてくる。

正義感の強い彼女らしく、公正な視点で間に立とうとしてくれているようだ。その気持ちが涙が出るほどありがたい。

ちょっと失礼、と言いつつ僕は、テーブル上のカードに手を伸ばす。

「手順を逆回しにすれば丸わかりだと思う。現在と未来のカードをそれぞれまとめて、さらにそれぞれの一番下にクラブの一〇と七を入れる」

その二枚のカードは、あえて表を向けたままにしておいた。

「あとは元通りに重ねていくんだ。未来の束が一番上で、次にハートのキング。その次が現在の束で、最後にハートの八。……あ、過去のカードはどうでもいいよ」

わかりやすいように、ハートのキングと八についてもやはり表向きにしておく。

そしてカードをまとめて大きな束を作ったら、一旦それをテーブル上に置き、さっと横方向にスライドさせて一列に展開する。

「この状態なら一目瞭然だろう？」

そう、誰が見ても明らかなはずだ。

カードの並びは、左からハートの八、クラブの一〇、現在のカード。さらにハートのキング、クラブの七、そして未来のカードとなっていた。

「つまり男性側のイニシャルカードは、最初から女性側イニシャルカードの隣にあったカードなんだ。未来だの現在だのマーク別に分けるだの、いろいろしてるから煙幕になって見えないだけで、こういう単純なカラクリなんだよ」

「待てよ」

しばらく黙って聞いていた西森が口を開く。

「かもしれないが、さっき和田が言っただろう？　シャッフルしたのは比良坂さんだ。イニシャルの一つ隣に目当てのカードを置いておくことは、俺たちにはできない」

「果たして本当にそうですかね？」

内心、僕は大笑いだった。いけしゃあしゃあとよく言うものだ。

「知ってますか？　こういうプラスチック製のカードを使うときって水気は厳禁なんですよ。表面にわずかでも水分が付着すると、カード同士がくっついてしまうから」

和田の肩がぴくりと震えた。何ともわかりやすいことだ。僕は続ける。

「もう一度言いますが、カードの並び順で一つ隣ならば、男性側イニシャルカードは最初から女性側イニシャルカードの裏側にあったということです。つまりあらかじめハートのキングと八の裏側に、クラブの七と一〇をそれぞれ貼り付けておけばいい。たとえば手汗を利用することもできるし、そこのペットボトルについた水滴でも構わない。そうすれば軽くシャッフルしたぐらいじゃ外れませんよ。実験してみます?」

「…………」

どうやら反論はないようで、気付けば重苦しい静寂が場を支配していた。

和田と西森の二人は、こちらに睨みを入れるようにして押し黙っている。

さてここからどうするか。勢いに任せて糾弾するような形になってしまったため、もう空気は最悪だ。このまま全面抗争というのも避けたいが……。

などと逡巡した数秒後、

「――――面白いっ!」

テーブルに手をついて腰を上げた未緒が、唐突に朗らかな声を上げた。

「あはは、先輩たちも人が悪いですね。本当は、全部終わったあとに種明かしをするつもりだったんでしょう? そうですよね!」

「……うん? ああ、そうそう!」

水を向けられるなり、西森はすぐに笑顔を取り繕った。

「ははは。実はそうなんだよ！　びっくりさせようと思ってさ！」

額の汗を拭いながらも、おどけた調子になって受け答えを始めた。この反射神経は
さすがにスポーツマンである。

「えー！　なぁんだ、そうだったんだ〜」

ちょっと残念そうなトーンで萩原が言う。どうやら彼女は何も知らなかったらしい。

「いやぁ、ごめんごめん」

和田が引きつった顔で笑っている。

「もう少しで信じちゃうところでしたよ〜。ねえ、未緒ちゃんもそうでしょ？」

萩原がしなだれかかるように体重をかけ、それを受け止めつつ未緒も微笑む。

みなが笑顔になって、急速に場の空気が弛緩《しかん》していく……のだが、当然ながら僕の
内心は複雑だった。

和をもって尊しとなす日本人の国民性が、これ以上の言及を避けただけだからだ。

一部本気で騙されている子もいるようだが。

「あはは……でも、桐原くんさ」

西森先輩が顎を上げながら言った。

「君の推理ショーは面白かったんだけど、途中の態度はあんまりいただけないかな？

上級生のいる場で、ああいうのはどうかと思うよ。まるで鬼の首でもとったみたいに威張っちゃってさぁ。俺らは楽しんでやってただけなんだから、できればもうちょっと空気を読んで欲しかったな。……というか君を誘った覚えはないんだけど？」

穏やかな口調だが、目はまったく笑っていなかった。

「忘れてました。コーチが探してましたよ、早くランニングしろって」

「へえ、そうなんだ。わかったわかった」

西森はそう言って、掌を軽く振るようにした。どっかに行けという意味だろう。なるほど、最後は僕が悪者になって終わりというわけだ。

「すみません。お邪魔しました」

腹の虫はおさまらないが、ここらが潮時だろう。だから素早く踵を返した。

未緒が困ったような目でこちらを見ていることから考えても、一刻も早くこの場を辞去することが正解に違いない。

仮に、いなくなったあとで和田と西森が僕の行いを揶揄し、それを肴にして談笑を続ける気だとしても、もはやどうでもよかった。

柄にもないことをしてしまったのは事実だし、イカサマを暴いて未緒に伝えられたのだから十分に目的は果たした。よしとしよう。

一歩を踏み出すと、膝頭がガクガク震えていることに気が付いた。実は結構緊張していたようだ。小心者な自分が情けない。

いまさら脂汗が噴き出してきた僕は、逃げるようにテラス席を後にしたのだった。

翌日になると、己の行動がだんだん恥ずかしく思えてきて、授業中ずっと身悶《みもだ》えするはめになった。

放っておけば良かったんだ、と時折頭を抱えて煩悶《はんもん》する。

いくら純真無垢な未緒でも、トランプ占いを真に受けたりはしないだろう。なのに時間停止現象に遭遇した興奮からか、調子に乗って突っ走って……。

彼女にどう思われただろうか。余計なことをしたと思われていないだろうか。

後悔が全身に重くのしかかってきたが、それでもスケジュール通りにしか動けない僕は、放課後になると更衣室のドアを開けた。すると、

「――お、探偵さんじゃん」

と声をかけられた。誰かと思えば磯谷先輩だった。その口振りからして既に昨日の事件を知っているようだ。心の中で嘆息しながら足を進める。

「和田と西森に聞いたぜ？　大活躍だったらしいじゃん」

「はあ……恐縮です」

言いつつ自分のロッカーの前に歩いていく。とっとと着替えてランニングに行ってしまおう。

しかし、そうはさせじと磯谷はロッカーの戸を手で押さえ、強引に話を続行する。

「あいつら怒ってたぜ？　あのあと俺、ファミレスに呼び出されてよ。そこでずっとぐちぐち聞かされたんだわ。桐原とかいうクソ生意気な一年、プール開きしたら目にもの見せてやるって言ってたぞ」

「……そうですか。お手柔らかにお願いしたいですね」

よし、部活辞めよう。一日も早く退部届を相葉先生に出さなくては。

胸の内で決意を固めていると、そこで不意に磯谷の口調が変わった。

「でもな、正直俺は、良い薬だったと思うぜ。あいつらもおまえがいれば部活に来るようになるだろ。だって負けてらんねえからな。おまえもあの飛び込み方からして、水泳歴結構長いだろ？」

「え？　ええまあ、そうですけど……」

「実はな」

　磯谷は自分の後頭部を掻きながら言う。

「和田のやつな、留年してんだ。俺らは元同級生なんだよ」

「えっ……」

　あまりに意外な事実を聞かされ、それしか口から出てこなかった。ただの一年生だと思っていたのに。

　だが、それなら昨日の西森先輩との距離感もうなずける。未緒が和田にも敬語を使っていた理由も納得だ。なるほど、そういうことだったのか。

「でも計測会のタイムは？　四〇秒を超えてましたよね」

「あいつ、やる気なくしてんだよ。だから一軍に入らないようにしただけで、本当はもっと早いんだぜ？　なんたって特待生だからな」

「特待生……。そうだったんですか」

　磯谷の口からその単語が出てきたことで、大体の事情が飲み込めた。

　何度も言うようだが、吉備乃は県内随一の進学校であり、当然ながら授業のレベルも高い。対して特待生は、入学試験がスポーツ実技を加味して行われるため、最低限の学力さえあれば合格できるのだ。

　だが授業もテストも一般生徒と同様に受けなければならないため、入学後についていていけなくなることもあるだろう。それで留年してしまったに違いない。

「俺らがな、もっと気を配ってやるべきだったたって、西森とも言ってたんだよ」

磯谷はそこで声の音程を一段低くする。

「和田は負けず嫌いでな、授業についていけてないことを誰にも相談してなかった。それで留年までしちまったもんだから……」

「ですけど、そんなの自己責任では？　やる気をなくすってのは違う気がしますが」

「それもそうなんだが、あいつ去年インターハイ出てっからさ、今年は出られねぇんだよ。規則だからな」

「……ああ、それでですか」

と得心する。確か高校総体の規則にはこうあったはずだ。同一学年での出場は一回だけ。しかも満一九歳未満でなければ出場資格がない。つまり、和田は来年一度限りしか大会に出られないのだ。それでやる気をなくしたのか……。

「だから、すまん。そしてありがとうな」

彼はニカッと快活な笑顔を向けてくる。

「おまえがいる限り、和田も西森もまだ早くなる。俺はそれが嬉しいんだ。だから、おまえも辞めんなよ！」

一度僕の背中を強く叩き、磯谷は陽気にそう告げた。おちゃらけるか粗暴か、二択の言動しかしなかった彼が親しみの目を向けてきたので、とても意外に感じた。

困ったものだ。さすがにそんな顔をされたら断り辛いではないか。

「……はい。善処します」

空気の読める後輩としては、苦笑いしながらそう答えるしかない。

すると磯谷は「頼むぜ！」と声を上げ、いつものように僕の肩に手を回し、さらに嬉しそうに笑いかけてきた。

胸ポケットの退部届は湿気でふやけてしまったのか、もはや彼に制服を揺すられても物音一つ立てることはなかった。


そうして四月最後の部活が終わり、翌日からゴールデンウィークに突入した。

普段なら長期に亘《わた》る休日を喜ぶところだろう。しかし僕は暇を持て余した。

いつも一緒に過ごしていた未緒には連絡することができず、時間停止現象もあの日以来起こっていないからだ。

ただ、よく考えると中間テストも近いので、一〇日間にも及ぶ休日の間、勉強だけをして過ごした。終わってみればそれなりに有意義な時間の使い方だったと思う。

そしてようやく授業が再開されると、校内では以前と代わり映えのしない日常が待っていた。

放課後になって更衣室に行き、着替えようとすると先客がいた。西森と和田だ。

談笑していた様子の二人は僕を見るなり閉口し、手早くジャージに袖を通すと舌打ちを響かせながら外に出ていった。

非常に気まずい。毎日あんな反応をされるのかと思うと暗鬱な気分になるが、己の行いの結果だ、受け容れよう。そのうち磯谷が取りなしてくれるかもしれないし。

そんなことを考えつつランニングに出ると、天気は快晴だった。

休暇の間はゆっくり休めたので体が軽い。いつもより早いペースで走れている気がした。この分なら金縛り病になるのは、前回より校門に近い位置になるだろう。

校舎裏手のなだらかな坂道を駆け上がり、登山道前の石段に腰掛ける結城コーチを横目に見つつ、下り坂へと身を躍らせる。

それから住宅街の沿道を走り抜けていくと、その途中で——

「…………っ」

さすがに二度目ともなると、すぐにわかった。普段の金縛り病とは違い、少しだけ前兆がゆっくりくるのだ。徐々に体全体を包み込むように。

しかも、やはり長い。数秒ではない。

こうなると勢いが肝腎だ。一度腹の底に力を溜め、全身の筋肉を連動させて一気に動かすと、何とか目に見えない拘束力を振《ふ》り解《ほど》くことができた。

「……やっぱり動けた。時間は止まってるのに」

たちまち気分が高揚していく。もう二度と体験できないかもしれないと思っていたのに、二度目の時間停止が僕と世界に訪れたのだ。

やっぱり凄いな、と思いつつ、引き続き下り坂を下りていく。

すると、すぐに先を走っていた西森と和田に追いついた。ふふん、ざまぁ見たかと動かない彼らをごぼう抜きにし、その足で門から校内へと入った。

前回は結局グラウンドを見られず、それが心残りになっていた。早速行ってみよう。あと体育館も見てみようと思った。面白そうだし。

浮き立つような心持ちで、周りを見回しながら歩いていく。僕だけのものになった世界は普段より輝いて見えて、何だか素晴らしい宝物のように感じられた。

そして鼻歌混じりに中庭へ足を進めようとしたとき、厳かな顔つきをした初代学長の胸像の前に、一人の女生徒の姿があることに気が付いた。

もはや見慣れた吉備乃学院の制服である。スカートの布地の下からかすかに見える足の白さに、不意にどきりと胸が鳴る。

顧みるに、時間は絶賛停止中である。だから女生徒のパンツくらいなら労せず覗くことができるだろうな、と瞬間的に邪念が芽生えた。

いやフェミニストの僕は実行には移さない。実行には移さないが……。

ほくそ笑みながら女生徒の背中に近付いていく僕。

もう一度誤解のないように言うが、もちろん悪戯などする気はない。ただ強いて言えば、パンツを覗けるのに覗かないという、その優越感を楽しもうとしたのだ。

時間停止に乗じて痴漢行為に及ぶのは、さすがに人として駄目だと思う。誰も見ていなくても法は守る、それが真のモラリストと言うものだ。だから普通に通り過ぎてグラウンドの方に向かう気だった。

なのに、だ。

「――――っ⁉」

予期せぬ事態だ。そこで驚くべきことが起きたのである。

一切、まったく、何の兆候もなく、いきなり目の前の女生徒が振り返ったのだ。

その、これまで彫像のように微動だにしていなかった、完全に風景の一部と化していた女の子が、こちらの顔を見るなり瞳孔を大きく開いていく。

「……は？」

「……えっ？」

たまらず息を呑《の》んだ。

一見して、可愛らしい女子だとわかる。髪は顎まで届かない程度の短髪で、その顔は小動物を思わせるほどに小さくて丸みを帯びており、体は華奢《きゃしゃ》で小柄ながら全体的に引きしまっている印象があった。

見間違えることなんて、当然あろうはずもない。

それは僕の幼なじみにして、初恋の相手にして、いまも最愛の人であり、だというのにもう一月近くまともに口をきいていない女の子だったのだ。

「な、な、なんで」

あまりの衝撃に僕は大口を開け、震える声を解き放とうとする。

すると期せずして、二人の声が重なった。

「「——何で動けるの⁉」」

第二話　隣り合わせの平行線

「ど、どうして綾人くんが……!?　ちょっと待って、心の準備がまだ……」

幼なじみの比良坂未緒が声を震わせつつ、後ずさりして僕から距離をとろうとする。

長いゴールデンウィークが終わり、何事もなく戻ってきたと思っていた僕の日常。

だが午後四時一五分になると再び時間は止まった。そして静止した世界の中で僕らは出会った。まるで見えない磁力に引き寄せられるように。

もしもこれが運命だというのなら、神様は一体何を考えているのだろうか。努めて平静を装いつつ僕も口を開く。

「未緒……。ええと、何て言ったらいいか。……久しぶり？」

「そ、そうだね。久しぶり、だね」

彼女の動揺ぶりは手に取るようにわかる。元来、感情を隠すのが苦手で何でも顔に出てしまう子なのだ。

「いや、やっぱり駄目だ……。ごめん、その辺歩いてくる」

ぱっと踵を返して背中を見せ、早足で歩き出す未緒。一つところに留《とど》まって考え事をするのが苦手な彼女は、何か悩み事があるとうろうろと歩き回る癖がある。まるで森の中の熊のように。

「お、おい。そっち危ないぞ」

と声をかける。彼女の進行方向に、制服姿の男子生徒が見えたからだ。

時間停止中なので歩く姿勢のまま固まっているが、通学鞄を肩にかけているところや進んでいる向きからして、下校するため駐輪場へ行く途中のようだ。

「えっ？　危ない？」

あわや男子生徒にぶつかる寸前で、未緒はくるりと首だけこちらを向いた。

「危ないって、何が？」

「気付いてないのか。人にぶつかるから闇雲に歩くなって」

衝突事故を防いだことにほっと安堵しつつ、僕は言う。

「足元を見ながら歩く癖、直した方がいいな。時間が止まっているとはいえ、通行人はそこら中にいるわけだから」

「通行人……？」

そこでようやく未緒は周囲を見回し、自分の行いを省みたようだ。

「今日って、そうか……。平日なんだもんね？　えっと、何月何日だっけ」

「五月七日の火曜日だよ。……いや、何日かはわからなくても、五月はわかるだろ」

「ごめんごめん。そんなに怒らないでよ。相変わらず綾人くんは細かいなぁ」

「怒ってないよ。いつものことだから」

だよね、と朗らかに笑って、彼女は何やら照れたような仕草で頬を掻く。

時間にもスケジュールにも未緒はルーズなので、このやりとりだって何度繰り返したかわからない。呆《あき》れたものだと思いつつも、胸の中が穏やかになっていくのを感じていた。しばらくまともに会話していなかったが、普段通りの未緒で安心した。

「……ん。でもさ」

が、そのとき突然、彼女の表情が訝《いぶか》しげなものに変わった。

「さっきさ、わたし、綾人くんに背を向けてたよね？　なのにまっすぐ近付いてきたような足音がしてたけど、あれはどうして？」

「え？　どうしてと言われても。たまたま進行方向が……」

「わたしだとわかってなかったでしょ。振り返ったとき、そんな顔してたもんね？　もしかしてさ、時間停止に乗じて不埒《ふらち》な行為に及ぼうと――」

「ま、待て待て！」

　おかしな話の流れになりそうだったので、腕を大きく振り払って否定する。

「確かに未緒だとは知らなかった。けどもちろん何もするつもりはなかったよ。ただ通り過ぎてグラウンドの方に行こうと」

「そう。狙いはグラウンドにいる、体操着の女子だったと」

「違うよ⁉」我知らず、大きく声を張り上げる。「何で女子に限定するかな！」

「つまり男の子が狙いってこと？」

「そういう否定じゃない！　ちゃんと汲《く》み取《と》れよ！」

「うわ、ちょっと必死すぎない？　やっぱりそうなんだね」

　何やら思案顔になって目を細めながら、首を小さく横に振る。

「ううん、仕方がないと思う。綾人くんだって男の子だもんね。理性のタガが外れればそういうこともある。見損ないはしたけども」

「タガなんて外れてないし、見損なわれるようなこともしてない！」

「まだってだけでしょ？　未遂ってだけ」

「言い回しでそれっぽくすんな！　そんなこと言い出せば誰だって未遂だろ！　世界中の人がみんな、まだ犯罪を犯してないだけってことになる。……いや、それ以前に

「何故僕の言うことを信じてくれないんだ!? 本当にそんなつもりはなかったんだって!」

男の沽券《こけん》に関わる問題なので強弁したのだが、何故か未緒はじとっとした目つきをしたまま自分を掻《か》き抱《いだ》くようにして、僕からさらに距離をとっていく。

「何だか綾人くんが怖い……。とりあえず近付かないで」

「だから何もしやしないってば! 何でそんなに信用ないの!? 長い付き合いなんだからわかってるだろ!」

「あのね、一応言っとくけど、〝ロスタイム〟の中で変なことしようとしちゃ駄目だからね。この時間停止世界には、神様がいるの。そんで常にわたしたちのことを見守ってるんだよ。悪い事をしようとしたら、きっちりバチがあたるからね?」

「神様……? ロスタイム……?」

聞き慣れない単語が飛び出してきたので、首を傾げながら訊ねてみる。

「待ってくれ。未緒はこの現象のこと、何か知ってるのか? 神様って……」

「ん?」と彼女は首を傾げる。「綾人くんは会わなかったの? というか、いつからこの時間停止世界にいるの?」

「いつからって……。今回はついさっきからだけど、前にも一度来たことがあるよ。ゴールデンウィークの前に」

「へえ。そうなんだ」

「具体的に言えば、おまえが先輩たちとトランプ占いしてた日に」

思いがけず、嫌味な言い方になってしまった。別に他意はなかったのだが。ほんの少しだけしか。

「ふうん。だったらわたしの方が経験豊富かな」

未緒はニヤリと口角を吊《つ》り上《あ》げる。相変わらずころころ表情が変わる子だ。

いまや見るからに自慢げな顔つきになっており、鼻の穴を開いてふふんと息を吹く。

「じゃあ未緒はもっと前から……？　いつからなんだ？」

「ほんのちょっと早いだけだよ。具体的には、綾人くんが計測会で溺れた日かな！」

意趣返しのつもりか、ほくそ笑みながら彼女は言った。

なるほど。僕の金縛り病が始まったのもあの日だ。ならば未緒が僕より早く金縛りを解く方法を発見し、この現象を経験していたとしてもおかしくない……のか？

結論を出すのはまだ早い。先ほど未緒が口を滑らせた内容——時間停止世界の神様やロスタイムなる名称についても訊ねてみなければ。

「あのさ、もしよければ聞かせてくれないか。未緒がどうやってこの時間停止世界に辿り着いて、これまでどう過ごしてきたのか」

「ほう……。わたしにそれを教えて欲しいというのかね？」

やたら偉そうな言葉遣いになって、彼女は喋り始める。

「ちょっと頭が高いんじゃない？　それが人に教えを請う態度だと思う？　ご両親の教えを思い出してみなさいな」

「……知ってるだろ。うちの両親は基本、放任主義だってこと」

内心、嘆息しながら答える。昔から勉強だけは得意な僕は、試験では常に未緒より好成績を出してきた。だからよく頼まれてテスト勉強に付き合っていたのだが、生来負けず嫌いな彼女は隙あらばマウントを取り返そうとしてくるのである。

「はいはい……」だがそこは慣れたもので、いちいち逆らったりはしない。「愚かなわたくしめに、よろしければご教授くださいませんか？」

「よかろう！」と未緒は満面の笑みでうなずく。「まあ立ち話もアレだから、空いてるベンチでも探してくれたまえ」

「探すまでもないよ。ほらあそこ」

校舎棟に囲まれた中庭の一画に指を向ける。

初代学長の胸像が西日を見つめるその場所には、木造の簡素なベンチがいくつか設けられていた。ときどき小鳥が糞《ふん》を落としているので、生徒たちにはまるで人気がない場所だが、ハンカチでも敷いて座れば問題ないだろう。

「ふむ。なら先導よろしく」

　変わらず尊大な彼女をエスコートしてベンチへと向かう。そして彼女が座る位置にハンカチを広げて置くと、「わかってるね」と言いながらすぐに腰を下ろした。

「ふふ。綾人くんに教えてあげるなんていつぶりかな。もう何でも訊いて？」

「ありがとう」チョロいなこいつ。「それじゃまず、神様って誰？」

「神様は神様だよ。ずっと昔から時間停止世界の中に住んでて、この現象に詳しい人。わたしがそう呼んでるだけなんだけど」

「は？　おまえが呼んでるだけなの？」

「だってしょうがないじゃん！」

　未緒は身を乗り出すようにして、オーバーリアクションで訴えかけてくる。

「すんごい美人なんだもん！　あのときはシチュエーションも相まって、そりゃ天使か神様に違いないって思ったよ。女のわたしですら一目惚《ひとめぼ》れしかけたんだから、綾人くんなんて一発でコロッといっちゃうだろうね。夏の終わりのヤブ蚊みたいに」

「比喩に悪意を感じるな……。そんなふうに思われてたのは心外だけど、つまり相手は人間なんだよな？」

「確認したことはないけど、そうだと思う。というか、本人はいつも〝篠宮《しのみや》先輩〟と呼びなさいと言ってくるんだけどね」

篠宮先輩……？

「……先輩ってことは、吉備乃生なのか」

「そうらしいよ。何でロスタイム——時間停止世界にいるのかも訊いていないけど、複雑な事情がありそうで気を遣っちゃうんだよね。空気の読める後輩としては」

「おまえの自己評価の甘さはこの際置いておくとしても……そのロスタイムっていう名前も先輩に聞いたのか？　それが時間停止世界の名前なんだな？」

「正解！」

未緒は親指を立てて語気を強くする。何だかやけに上機嫌だ。

ふと気付く。今日まで一ヶ月間、まともに言葉を交わしていなかった彼女とちゃんと喋れている。以前と同じように。それが意外でもあり、嬉しくもあった。

いや当然かもしれない。長年一緒に過ごして結ばれた二人の絆《きずな》は、ちょっとやそっとで切れはしない。そう実感できたからか、胸の中が温かいものに満たされていく。

「どうしてその名前なのか、は訊いたけどよくわかんなかったよ。神様が見落とした時間とか何とか、そういうニュアンスだった気がする。ようするにリアルじゃない、おまけの時間ってこと」

「へえ。何だかちょっと時代を感じるな。いまじゃサッカーの試合だってロスタイムなんて言葉は使わないよ。アディショナルタイムって言うらしい」

「らしいね。だから篠宮先輩って、もしかしたら結構年上なのかも。ずっと時間停止世界で過ごしてるそうだから、本当は何歳なのかわからないんだよ」

「成長が止まってるのか……。なら実は、お婆《ばあ》さんなのかもな」

「ちょ、やめた方がいいよ」

彼女は目つきを尖《とが》らせて周囲を警戒するようにした。

「女の人に年齢の話は失礼でしょ？　どっかで先輩が聞いてるかもしれないし」

声を潜めながらそう言うので、素直に「ごめん」と謝った。

未緒の反応からして、その篠宮先輩という人は、時間停止世界において神に等しい存在であることも確かなようだ。ならばこの世界の中で犯罪行為を冒せば、それなりの罰が科せられる可能性もある。まあ最初から何もする気はなかったが。

「ところでさ、さっきおまけの時間って言ったよな。リアルじゃないとも」

場の空気を一新するために、僕は話題を転換する。

「時間が止まってるだけじゃないってことか？　実はずっと不思議に思ってたんだ。

時間停止中にできた傷が、時間が動き出したあとに治ってたりしてさ」

「あーなるほど。どう説明すればいいかな……」

思い巡らすように視線を上げ、不意にベンチから腰を上げた未緒は、近くの植え込みの方に歩いていくとヒイラギの葉を一枚むしりとってみせた。

「ロスタイムには三つのルールがあるんだって。それは〝復元〟と〝凍結〟と〝タイムリミット〟。いま千切ったこの葉っぱだけどね、時間が動き出したあとで同じ場所を見てみるといいよ。元に戻ってるだろうから。これが復元ね」

「つまり、時間停止――いやロスタイム中に起きた出来事は、時間が動き出せば全部リセットされるってことか？」

「そうそう！　さすが綾人くん。物わかりがいい」

にんまりと口元を緩め、彼女はそんな褒め言葉を口にする。

しかし直後、きりっとした顔に戻って「じゃあ次」と続けた。

「凍結っていうのはね、時間が停止した瞬間に全ての物体が凍ったように動きを止めること。これはまあ周りを見ればわかるよね」

そうだな、とすぐに同意する。

中庭の先に視線を延ばすと、金網フェンスの向こう側に何とかグラウンドが見えた。

やはり事前に想像した通り、みんな躍動感溢れる体勢のまま静止している。

いいや、それどころか決定的瞬間のようである。いままさにヘディングシュートを決めるところなのか、サッカーゴール前ではストライカーとキーパーがボールを挟んで熾烈《しれつ》な空中戦を繰り広げていた。もっと近くで見てみたいが……。

「だけど凍結は解くこともできる」と未緒は続ける。「この葉っぱみたいに、強い力を加えれば動かすことが可能なの。そして一度その場から動かせば、質感も元に戻る。しばらく放置するとまた凍結されてしまうけどね」

「聞けば聞くほど、不思議な現象だな」

関心を向けると、未緒は「そうでしょ」と誇らしげに胸を張った。

「あ、でも生き物は駄目だよ？　虫とか猫とか、動かすことはできても、自分の意思で動くようにはどうしてもならない。何でなのかはわからないけど」

「それは多分、速度の問題じゃないかな。ロスタイムは午後四時一五分になると発生するわけだけど、前のときは大体一時間くらい続いたと思う。だから仮に、一秒間が一時間に拡張されているとすると、体感時間は三六〇〇倍になっていることになる」

「ふむふむ。面白そうだから続けて？」

「言い換えると、時間の経過速度が三六〇〇分の一に遅延しているんだ。そうなるとほぼ停止しているように見えても不思議じゃない。つまり他の生き物を動かすことはできても、その相手は三六〇〇倍の速度では動けない。あそこで飛んでる小鳥もね」

言いつつ上空を指で示す。その先ではスズメが羽を広げたまま固まっていた。

「つまり、時間は止まってるわけじゃなくて、実はちょっとずつ動いてるってこと？　わたしたちが知覚できないくらいの低速度で」

「その通り。実は時間停止現象じゃなく、時間遅延現象なんだ。そう考えると太陽光や他の物理現象が例外な理由も説明がつく。光速は秒速三〇万キロメートルなんだから、たとえ三六〇〇分の一になったとしても僕らの知覚上はほとんど変わらない」

「ふうん……。そっか、なるほどね」

胸元で腕を組み、うんうんとうなずいてみせる彼女。だがその直後。

「綾人くんが頭良いのは知ってた。でも今後は禁止ね、そういう面倒臭い考察」

「え？」唐突な掌返しに驚く。「なんでだよ！」

「だって言い出したら止まらないもん。聞いてると眠くなるからパスでお願いします。大体さ、こんな素敵な奇跡を目の前にして、理屈なんてどうでもよくない？　いま見えてるこの景色が全てなんだよ。ていうか、そもそも解明なんて無理無理！」

彼女は両腕を大きく広げてみせる。

「これだけの不思議が起きてるんだよ？　いちいち立ち止まって考えてちゃ勿体ないでしょ！　難しい話はノートにでも纏めておいてよ。全部終わってからさ」

「いや、でも気にならないか？　自然と考えちゃうだろ、普通」

「わたしは平気！　全然気にならない！」

「……あ、そう」

脱力感に肩を落としながら呟く。そうだった、未緒はこういう子だった。

「あと時間も勿体ないでしょ？　ロスタイム外でやるべきだよ、そういうのは」

「ああ……そういえば、タイムリミットの話もしてたよな」

「うん。神様も大体一時間くらいって言ってた。タイムリミットになれば、綾人くんは時間停止前にいた場所に引き戻されるよ。それも復元の効果だね」

「なるほど。その三つがロスタイムのルールか……」

言いつつ腕時計を確認してみると、四時一五分で止まっていた。ロスタイムに突入してからどれだけ経ったのかはわからないが、恐らくもうタイムリミットまでは近い。

もうすぐこの不思議な体験が終わってしまうのか、と思うと、途端に時間が惜しくなってきた。現金なものだ。

「……というか、いま気付いたんだけど」

そのとき不意に、未緒が自嘲めいた笑みに頬を歪めた。

「何かさ、普通に話しちゃってるよね、わたしたち」

「そうだな」言われてみると、当初のぎこちなさは消えていた。「でも喧嘩していたわけでもないんだし、別に不思議でもないいんじゃないか」

「そう……？　うん、そうなのかな。わたしが気にしすぎてただけなのかもしれないね……。そっかそっか」

微笑み混じりに言いつつも、どこか空虚な表情で俯《うつむ》いてしまう彼女。

その様子に少し引っかかるものを感じたが、すぐに立ち直ってこう続ける。

「あ！　でもロスタイム以外では駄目だからね！　他の時間帯のわたしに会っても、いきなり馴れ馴れしくしたりしないでよね」

「はあ……？　何でだよ」

思わず不満が口から飛び出した。もう仲直りしたようなものなのに。

いや理解はしているつもりだ。普通に喋れるようになったからといって、あの日の告白の返事が変わりはしないだろう。そのくらいはこっちもわきまえている。

別に多くを求めているわけではない。ただ僕は告白以前の、普通の幼なじみの関係に戻りたいだけなのだ。それすら駄目なのか。

「……だって、友達や先輩に綾人くんのこと、言ってないし」

未緒はくるっと勢いよく背を向けた。スカートがその動きに合わせてはためく。

「そもそもさ、段階ってものがあるんだよ。ロスタイムのせいでちょっと冷静さを失いはしたけども、やっぱり急には無理なんだよね」

「段階って何だよ。だったら条件を示してくれ。どうすりゃいいんだ？」

「そうだね。じゃあこうしよう」

再び振り返った彼女は、何故か満面に笑みを湛《たた》えていた。嫌な予感がする。

「これから綾人くんに、順次試練を与えていくことにします！　それらを全てクリアできたなら、過去のことは綺麗さっぱり水に流してあげよう！」

「いや、試練って何だよ……。あと、何でおまえがそれを課す立場なんだよ」

僕の一世一代の告白は、水に流して貰うようなものだったのか。そう考えると頭が痛くなってくる。実に不本意だ。

「必要なことなんだよ」と、一転して未緒は真剣な面持ちに変わる。「決着をつけておかなきゃ、ここから一歩も前には進めないんだよ。わたしたちは」

何の決着だよ、と思ったが口には出さなかった。いつものように勢い任せで放たれた言葉ではないと直感したからだ。彼女には彼女なりの、考えがあるのだろう。

「……未緒がそうしたいと言うなら止めないけど、何をする気だ？」

「それはいまから考える。だから明日、時間が止まったら校門前に集合ね。それまでに決めておくから」

「明日だって……？　けど、明日もまた時間停止現象が起きるかどうかは……」

「大丈夫大丈夫！　その心配はいらないよ」

こちらの懸念を吹き飛ばすような勢いで言うなり、びしっと僕に向かって指先を突き付けてきた。

「もうすぐロスタイムが終わりそうだから言っとくけど、戻ってもランニングは続けてよね！　綾人くんはそもそも体力が落ちてるんだから！」

「え？　ああ、うん。まあ部活はちゃんとするけど」

「よろしい！　じゃあわたし、もう行くから！」

そう言い残してぱっと体を反転させると、彼女は猛烈なスピードで走り去っていく。途中、また通行人にぶつかりそうになっていたが、それは見て見ぬ振りをすることにした。相変わらずイノシシみたいな女の子だ。考えるよりも先に体が動いてしまうタイプである。猪突猛進《ちょとつもうしん》という言葉が実にしっくりくる。

我が事ながら不思議に思う。ほぼ真逆の性格をしているのに、どうしてあんな子を好きになったのか……。いまさら思案していると、自然と口から笑みがこぼれ落ちた。

三歳で出会ってからずっと好きなのだ。ほとんど刷り込みみたいなものだろう。

頬が緩んでくるのを感じつつ、久しぶりに彼女と話せて爽やかな気持ちになった僕は、それから当初の予定通りにグラウンドへ行ってみることにした。

西日の中で不揃いの影を地面に延ばす生徒たち。各々の青春を刻みつけようとするその様を感慨深く見ているうちに、二度目の不思議体験はタイムリミットを迎えた。


やがて翌日になったが、時間停止世界に対する疑問は膨らみ続ける一方だった。

ノートにいろいろな仮説を書き連ねてみたのだが、未だに何一つ結論は出せない。

未緒はあの奇妙な世界の中で、神様に出会ったのだという。吉備乃生の篠宮先輩にだ。その正体はいまのところ不明だが、一つだけはっきりしていることがある。それは時間停止現象にロスタイムという名前をつけたということ。

ロスタイムとは空費された時間を表す言葉だ。神様が見落とした時間なんて意味はない。となると、何らかの原因で失われた時間を補塡する目的で起きている現象だと考えるのが普通なのだが、それがよくわからない。

ただし、僕個人の認識で言えば、空費された時間には心当たりがある。それは未緒とろくに話せなかったこの一ヶ月である。いままで家族よりも長い時間を一緒に過ごしてきた幼なじみと、しばらくコミュニケーションをとれなかったのだ。僕にとっては何よりの空費時間ではないか。

もしかしたら、未緒も同じように思ってくれていたのかもしれない。だから僕たち二人だけが時間停止中に動くことができる……と考えればロマンチックではあるが、それでは納得できない部分もある。ロスタイムという現象には、まだ何か秘密が隠されている気がするのだ。

考えるうちに昼休みになり、上の空のまま食堂へと向かうと、期せずしてトレイの上に山盛りご飯を載せた未緒と目が合った。

「…………」

一拍を置いて、彼女はついっと視線を逸らす。

どうやら昨日も言っていた通り、元の幼なじみに戻るためには足りないものがあるらしい。ならば仕方がないとすぐに諦め、僕も進路を変えて食券を買いに行くことにした。

そうして何事もなく昼休みは終わり、満腹感と午後の陽気で非常に気怠《けだる》かった授業も何とか最後までこなし、放課後になるとすぐに部室に向かった。

　本当に今日もロスタイムは訪れるのだろうか。またあの止まった世界の中で、未緒と昔のように仲良く話せるのだろうか。期待からか足取りも軽くなる。

　若干、うきうきしつつ更衣室の戸を開けようとしたところで、隣の備品管理室の中から物音がすることに気付き、開いていたドアの隙間から中を覗き込んでみた。

「――あれ、相葉先生？　どうしたんですか」

「あ、桐原くん。もう来たのね」

　壁一面の木棚に雑多に物が詰め込まれた部屋の中央で、赤色のジャージを着た相葉先生はにこやかに振り返り、手にしていたビート板を胸の前に構えて続ける。

「備品の確認をしていたのよ。結構いろいろ足りなくなってるみたいね」

「ああ、なるほど。お疲れ様です」

　基本的に一軍の練習に付きっきりの先生は、いつもＫＳＣの方に顔を出すだけで、二軍の部室に現れることは稀《まれ》である。けれど顧問は彼女一人であるため、備品の確認ということならば納得だ。結城コーチはかなり雑な性格をしているし。

「いやいや先生、そんなのこっちでやりますよ！」

と、後ろから割り込んできたのは磯谷先輩である。

「相葉先生のお手を煩わせるなんて畏れ多い……！　俺たちでやりますんで！」

「ありがとう磯谷くん。でも教頭先生に今日言われてね……。ねえ知ってる？　去年水泳部の練習中にコースロープが切れたらしいんだけど」

「ああ、そういえば……」

前に歩み出た磯谷はぽんと手を叩き、何かを思い出したように答える。

「切れたのは事実っスけど、うちじゃないですよ？　確か、水球部が片付けるときに引っ張って切ったはずですけど」

「ええ、そうなの？　本当に？」

驚きを見せた相葉先生の頬が、ぴくりと引きつったように動く。

「水泳部のせいじゃなかったのね……。なのに、うちの予算で何とかしろって言ってくるなんて、あのハゲ――」

「えっ？」

「あっ、ううん。ペンキが剥げてるところもあるから、塗り直さなきゃなって思っただけ。うふふ」

彼女は取り繕うように、慈愛に満ちた笑みを口元に浮かべた。

一瞬、教頭先生の剝《む》き出《だ》しの頭皮について揶揄したのかと思ったが、さすがに相葉先生がそんな台詞《せりふ》を口にするはずがないだろう。ははは。

「ねえ磯谷くん。コースロープの予備ってどこにあるか知ってる？」

「プール脇の用具室にもなければ、ないっスね」

「じゃあ買うしかないか……。困ったわね、あれウン十万するのよ……。それだけで部の予算、枯渇しちゃうかも」

「え？　じゃあもしかして、合宿に行けなくなるってことっスか？」

「その可能性もないとは言えないわね……」

何やら深刻な話になってきた。二人の表情に暗い影が落ちる。

ただしこれは部の運営に関わる話だ。内情に詳しくない一年生の分際で意見を述べるわけにもいかず、傍《そば》で聞き役に徹することにする。

相葉先生がその後、ぽつりと漏らしていたが、やはり水泳部の予算の大半は一軍に回されているらしい。スイミングクラブの一部を時間帯で借りて毎日練習しているのだから、それも当然だろうと思う。

だが割を食うのは水泳部全体であり、この上予定外の出費が重なると、合宿費用を自己負担にするか、もしくは中止にするしかないとのことだった。

まったくもって世知辛い話ではあったが、僕的には正直どちらでもよかった。

合宿なんて行けなくても構わない。それまでに部活を辞めるかもしれないし。

重々しい溜息をつく二人を尻目に、早くランニングに出ないとロスタイムになってしまうな、と内心焦り始める。待ち合わせに遅れれば、あの気の短い未緒が何を言い出すかわからないからだ。なので愛想笑いを顔の表面に貼り付け、地蔵のごとく静観を決め込むことにした僕だった。


先生が部室を後にしたのは、それから一五分後のことだった。

ランニングは無理だなと思いつつ、着替えて外に出ると間もなく金縛りになった。やはり、硬直が長い。明らかにロスタイムの前兆だと判断すると、気合で体を動かして凍結を解除した。さすがに三度目ともなると慣れたものだ。

首尾良く動けるようになると、一度準備運動のように手足を振って動作を確認し、止まった世界の中で勢いよく走り出す。

ややあって、待ち合わせ場所の校門に近付いていくと、今日は一目で彼女の存在に気が付いた。何やら剣呑《けんのん》なオーラを放っていたからだ。

「――来たね。綾人くん」

未緒は胸元で腕を組み、左右に足を開いて仁王立ちの体勢である。

率直に訊ねたい。彼女はいま、どういう気持ちであのポーズをしているのか。一体何と闘おうとしているのか。

「では早速だけど、これから体力の試練に挑んでもらいます」

本当に早速だな、と心の中で苦笑いしながら訊ね返す。

「何でやらなきゃいけないのか、とはもう訊かないけど、具体的に何をするんだ？」

「いまから街をパトロールします。これは決定事項です」

「決定事項ですか……」

今度は彼女にも見えるように溜息をつく。

「ただ単に、静止した街の中が見物したいだけじゃないよな？」

「それもある！　でもちゃんと目的地もあるから、四の五の言わないの！」

彼女は頬を膨らませながら言った。ちょっと可愛く見えるのが癪《しゃく》である。

まあ気持ちはわからんでもない。せっかく時間が止まるだなんて滅多にない経験をしているのだ。一つところに留まって駄弁《だべ》ってるだけなんて勿体ない。僕もいろいろな場所を見回ってみたいなとは思っていたので、その提案に乗ることにした。

「どこに行きたいんだ？　歩いて行ける場所か？」

「歩いてでも行けるけど、時間の無駄は避けなきゃね。綾人くんの自転車どこ？」

「駐輪場だけど、自転車で行くのか……。まさか二人乗りで？」

「当たり前じゃない。それとも何？　ロスタイム中なのに道交法がどうのこうのと堅いこと言うつもり？　あらやだ優等生！」

「いや、そういうんじゃないけど……お巡りさんには見咎《みとが》められなくても、こけたら危ないだろ」

「平気平気。たとえ怪我してもロスタイムが終わればリセットされるからね。だから今日は限界に挑戦してみよう！」

「ロスタイム中でも痛いものは痛いだろ。安全運転で行くからな」

釘を刺しつつ駐輪所へ向かうと、すぐに愛車を発見してスタンドを蹴り上げた。

凍結を解除してサドルに跨《また》がると、未緒は後輪のフレームに足を乗せてくる。

ちらりとその表情を窺ってみると、何やら〝勝手知ったる〟という得意げな顔つきだった。本当にこいつは……。

「綾人号、発進！」

はいはい、と軽く流しながら、ペダルをぐっと踏みつけた。

自転車が前進すると景色も動く。漕《こ》ぐ動作が軌道に乗ってくるとハンドルにかかる重量も、空気の抵抗も次第に感じなくなっていく。

「いいねこれ！　すっごく気持ちいい！」

やがてスピードが出てくると、後ろからはしゃいだ声が聞こえてきた。

確かにこれは気持ちがいい。校門を抜ける頃には普段と変わらない感覚で運転できるようになっていたが、周囲はいつもとまるで違う。車も人通りも風圧も全てが静止しているため、誰に遠慮することもなくまっすぐ走ることができるのだ。

もちろん赤信号も僕らを止めることはできず、万一転倒したとしても大丈夫という保険つきである。気分がどんどん昂ぶってきて、漕ぐ足にも力がこもる。

「もっと早く！　ゴーゴーゴー！」

わかったわかった、と素気ない返事をしながら僕も興奮していた。

渾身の力でペダルを回し、どんどん速度を上げていく。それから下り坂にさしかかると、服の内側に感じていたじめっとした汗が一気に吹き飛んでしまった。癖になりそうなほどの素晴らしい爽快感である。

「川沿いを走って、次は右ね！　そっからまっすぐ行って、郵便局を左！」

左手は僕の肩に乗せ、右手は進行方向に向けてまっすぐ突き出している。運動神経の良い未緒のことだから、体勢を崩したりはしないだろうが、ちょっと密着しすぎな気がする。いや、本人がいいのなら別にいいのだが。だから言わないけれど。

というか、さっきから鼻先に甘い匂いが漂ってきているのだが、もしやこれは彼女から香っているのだろうか。シャンプーでも変えたのか。

「ねえ。そろそろ目的地、わかったんじゃない？」

「……ん？　ああ、さっき気付いた。丘の上のスイミングスクールだろ」

平静を取り戻しながら答えると、未緒が楽しげに「うん」と肯定する。

三歳の頃から一緒に通っていたスイミングスクールは、実はこの辺りにあるのだ。位置関係で言えば、吉備乃学院と僕の家のちょうど中間地点である。

個人経営のこぢんまりとした施設で、なのに建物の前面にでかでかと『目指せオリンピック』なる垂れ幕がかけられていた覚えがある。

競泳選手を養成するコースもあり、小六のときに二ヶ月だけ受講したことがあるが、あまりの練習のきつさに辞めてしまい、その後は施設内に足を踏み入れていない。

未緒も中学生になってからは別の綺麗なスイミングクラブ——実はそれがＫＳＣである——に通い出したため、しばらく後に経営難で潰れたと聞いたときにも特に感慨はなかった。

「もうすぐ取り壊されちゃうんだって。だからちょっと行ってみようよ」

「最後の姿を、記憶に留めておこうってことか。一応思い出の場所だしな」

「そうそう。わたしたちが出会った場所だもん。なくなっちゃう前にちゃんと見ておかなきゃね。ロスタイム中なら不法侵入にはならないし」

確かにその通りだ、と思ってしまうあたり、僕も染まってきたのかもしれない。

「――あ、そっちは駄目。迂回して」

「え？」と思わず振り向いて訊ねる。「この下り坂を下りていった方が近いけど？」

「距離は近いけど、ここで坂を下っちゃうと、後できっつい上り坂になるよ？」

「いや、そのときは下りてくれればいいんじゃないかな。二人で歩けば解決だ」

「駄目駄目！　体力の試練だって言ったでしょ！　ちゃんと丘の上まで送ってもらうからね！　このままで！」

へいへいと軽く答えて、再びペダルに力を込める。二人乗りでいくなら確かに坂を下るのは賢明ではない。二つの川に挟まれた低地の住宅街を抜ければ距離は短縮できるが、あとで急勾配を上ことになる。まあ遅かれ早かれという話ではあるが。

案の定、傾斜がきつくなってきた。立ち漕ぎの体勢になり、全体重で漕いでいく。

その間、未緒は僕の腰に抱きつきながら、「がんばれー」と暢気《のんき》に応援していた。

本音を言えばやはり下りて欲しかったが、口に出せば負けだという気がした。

そうして汗だくになりながら進むこと数分。やがて目的の場所に辿り着いた僕らは、その老朽化した建物を揃って見上げながら口を開く。

「ほんっとにもう、ボロボロだね」

「はぁ、はぁ……そうだな」

こちらはまだ息が整っていないので、そう答えるのがやっとだった。

面影こそ残ってはいるが、目の前に立つくたびれた建物は思い出の中にあるものとは似ても似つかない。オリンピックの垂れ幕は既に下ろされており、駐車場入り口には錆《さ》びついたシャッターが降ろされていた。

外壁も全体的に色褪《いろあ》せてしまったようだ。しかも、白いシートが張られた金網フェンスが周辺を取り囲んでおり、外界から隔離されたような哀愁を感じさせる。

「……取り壊し工事、六月からだって」

フェンスの前面に掲げられていた工事予定の告知を見たのか、未緒がそう言った。

六月ならもうすぐではないか。このタイミングで来なければ、きっと知らないうちに取り壊されてしまっていただろう。

「で、ここからどうする？」

「もちろん中に入るよ。ほらお先にどうぞ？　綾人ファーストだよ」

さも当然というふうに答え、未緒は目の前のフェンスに指先を向ける。

少々釈然としないものはあるが、先に行かせるとスカートがめくれたりする危険性があり、何かと問題が多そうなので文句を言わず前に出た。

「あ、ちなみに下に水着を着てるから平気だよ？　ご懸念があったとは思うけど」

「待てよ。まさか普段からそんなことしてるんじゃ……」

「まさかぁ。たまたま今日だけだよ」

後頭部に手を当てながら、ことさらに明るい声を出す彼女を怪しく思ったが、追及は止めておくことにした。世の中、知らない方がいいこともある。

フェンスの上部に手をかけ、靴の爪先を金網の隙間に差し込んで体を持ち上げる。無事に乗り越えて着地すると、施設の入り口に向かって足を進めていく。すると未緒もすぐに後ろからついてきた。

正面玄関のガラス戸は施錠されていなかった。凍結の効果でかなり重くなっていたが、体重をかけて思いきり後ろに引っ張れば、何とか開くことができた。

「目当ての場所とかあるのか？」と振り返りながら訊ねる。

「やっぱプールかな。泳げるかもしれないし」

「さすがに無理だろ。水なんてとっくに抜かれてるよ。何年も前に」

言いつつ建物内部に入っていく。外観のくたびれ具合に比べると中は綺麗だった。照明こそ消えてはいるものの埃《ほこり》っぽさはなく、リノリウムの床も多少くすんでいるが、運動靴がキュッと鳴る程度には表面が滑らかだった。

まずはリクエスト通りにプールに向かう。歩き出してみると意外にも当時の記憶がしっかり残っていて驚いた。おかげで道に迷うことなく足を進め、玄関よりもさらに重い金属製のドアを開けると、その先にがらんとした大きな空間が広がっていた。

「ほら、やっぱり水は抜かれてるじゃないか」

「ねえ、他に何か面白いものはない？」

「ないよ。あるわけないだろ」

答えつつも一応確認してみる。子供の頃は大きく感じていたプールだが、改めて見るとそうでもない。ＫＳＣとは比較にならないくらいに設備も古びており、スタート台なんて真っ黄色に変色していた。

プールサイドのはしっこには、深さ調節用の台やビート板などが固まって放置されている。もうあれを必要とする少年少女はいないのだな、と考えると非常に物悲しい。

「なら次。一通り回ってみよう」

自分から行きたいと言ったくせに、未緒は速攻で興味をなくしたようだ。

彼女に続いてプールを出ると、そこからはまた僕が先を歩くよう指示された。もしかしてこいつ、意外にも廃墟が怖いのだろうか。言わないけれど。

機嫌を損ねぬよう要望のままに先頭に立ち、施設内を見回っているとやがて――

「……ん？　あれは」

違和感を抱いたのは、施設一階の北側の角だった。自動販売機の前にソファーが並ぶ待合所の片隅に、誰かがうずくまっているように見えたのだ。

見間違いを疑いながらも足を進めると、やけに見覚えのある背中が視界に収まった。

「まさか……。あれ、志乃《しの》ちゃんか？」

「うん。実はそうなの」

あらかじめ知っていたような口振りで未緒は言った。ならばもう疑う余地はない。待合所の暗がりに一人で腰を下ろしていたのは、九歳になる彼女の妹、比良坂志乃だったのである。

「綾人くん、もっとよく見てみて。他に何かいない？」

「他に？」

言われてさらに志乃に接近した僕は、その小さな女の子がどうしてうずくまっていたのかを、すぐに悟ることになった。

「……え。子猫？　猫に餌をやっているのか」

「うん。可愛いでしょ」

声のトーンをやや落としつつ、未緒は答える。

「黙っててごめん。実はちょっと前にさ、お母さんに聞かされてたんだ。うちで猫を飼えないか、志乃が訊いてきたんだって。無理だと答えたらしいんだけど……。志乃は『そっか』って言ってすぐ諦めてさ、でもその次の日からやけに帰宅時間が遅くなったらしいの」

「じゃあ最初からそれを確認するために、ここへ来たのか」

「志乃の立ち寄り先なんて多くないからね。捨て猫の面倒を見るならここかなって」

事情がようやく飲み込めてきた。志乃はどこかで捨て猫を拾い、家で飼えないからここで餌やりをしていたわけだ。家族にも秘密にしたままで。

「予想はしてたけど、こうして直接見ちゃうと、ちょっと堪《こた》えるよね……」

と言って、何やら寂しげな視線を妹に向ける未緒。

「毎日練習で帰るの遅くなってるせいかな……。志乃、わたしに一言も相談してくれなかったんだよ。何かそういうの、切ないよね」

彼女の沈んだ表情を見てしまうと、迂闊なことは言えなくなった。

二人はとても仲の良い姉妹だったはずだ。たまに未緒の家に遊びに行ったときにも、志乃はずっと姉にくっついていて片時も傍を離れなかった。

「でも、危なくないか？」と訊ねてみる。「もうすぐここ、取り壊されるんだろう？　解体業者の人も、さすがに安全確認はするだろうけど」

「そうだね。危ないのはむしろ、子猫の方だろうね」

ああ、と僕は首肯した。志乃が小学校に行っている間に工事が始まり、子猫の存在に気付かず建物を崩し始めてもおかしくはない。するとどうなる。

「下手したら、トラウマ残っちゃうかも」

と未緒は力なく笑う。

「わたしね、お母さんに聞いてたのに、大して深く考えようとしなかったんだ。毎日水泳のことで頭がいっぱいでさ。ここに志乃が通っているだなんて、最初は想像もしなかった。でもロスタイムのおかげで気付けたよ。わたしが姉失格だってことに」

自虐的なその発言には、あえて言葉を返さなかった。いかに練習が大変であっても、未緒ならそのうちここへ辿り着いた気がするが、もう一点に関しては完全に同意だ。ロスタイムには力がある。同一時間に、同じ場所にいるはずのない存在をこうして繋ぎ合わせることができるのだ。

考えてみれば、僕と未緒だって同じではないか。時間停止現象に巻き込まれなければ、疎遠になったまま無為に日々を過ごしていたに違いない。ロスタイムの価値とはそういうものだ。本来ならば平行線のまま、交わらざるものを歪んだ時空が交差させる。だったら……。

「わかったよ。志乃ちゃんのことは、僕が何とかする」

「えっ……。ええっ？」

力強く宣言すると、彼女はすぐさま目を丸くして振り向いた。

「い、いやでも、そこまでの迷惑をかけるわけには」

「別にいいよ。ここは吉備乃からもそんなに遠くない。ランニングの距離を延ばせば立ち寄れる距離でもある。未緒は練習が忙しいだろうから、僕がやるよ」

「さすがに悪いよ。これはわたしの家の問題だから……」

「水臭いこと言うなよ。というかさ、元々僕に頼みたくて連れてきたんだろ？」

「そんなことは」と言いかけて彼女は一瞬口を噤《つぐ》む。「なくもないけどさ。やっぱり心苦しいよ。いくら何でも……」

引き続き固辞しようとする未緒に、「いいから任せとけよ」と安請け合いする僕。

言葉の応酬がしばらく続くが、特に下心があったわけではない。感謝されたいとも思っていない。ただ単純に、僕がやるべきだという気がしたからだ。

未緒は毎日忙しいだろうが、こちらは別段忙しくはない。やることがないから部活をしているだけなので、途中で抜け出すくらいわけないのだ。

それにこの程度の問題は、簡単に解決できるという自信もある。何か犠牲を払わなければならないわけでもないし、志乃とは顔見知りでもあるし。

「だから僕が適任なんだよ。やってみて駄目だったら、また相談するからさ」

偽らざる本心を一つずつ口にし、僕に任せればこんなメリットがあるとプレゼン形式で話したのだが、それでも未緒はかなり渋った。断り文句の節々で、「本当にありがたいけど」と挟みながらではあったが。

でも、何とかして欲しいのがやはり本音のようだ。それがわかったので少々強引に請け負うことにし、最後は「いいから！」と押しきる形で了承を得た。

するとそこでロスタイムの終わりが訪れ、視界に映る景色もがらっと切り替わった。

施設内の薄暗さに慣れていたせいで、斜陽にたまらず目を細めることになった。

時間が動き出してからも、未緒との会話の余韻はその場に残っていた。

いますぐに現地に向かえば、志乃は変わらず待合所にいるはずだ。そう考えるなりすぐに進路を変更する。校門から出て、住宅街の中を突っきった方が早いだろう。直線距離なら二〇分とかからない位置である。しかも道程の後半は上り坂なので、自転車で二人乗りをしているときよりむしろ楽に違いない。

加えて、ここのところの部活で少しは体力も戻ってきているようだ。大して息も乱れず、すいすい坂を上っていくうちに目的のスイミングスクールが見えてきた。

付近に民家などはないので当たり前かもしれないが、辺りに人気はまったくない。建物の背景には針葉樹に包まれた小高い山と、青く澄んだ空が広がっているだけだ。

額の汗を手の甲で拭いつつ、さらに足を進めていくと、不意に記憶の底を突かれるような感覚があった。

昔は送迎バスが出ており、学校から帰宅するとすぐに飛び乗ったものだ。車内にはいつも先に未緒がいて、その日の出来事を二人で和やかに話し合いながら、この場所へ毎日通ったのである。しかも一年中だ。

あの頃は二人のタイム差なんてほとんどなくて、隣り合ったコースで互いの存在を感じつつ泳いでいるだけで楽しかった。

そんな、もう戻らない日々の思い出を胸に抱き、僕はフェンスに手を伸ばす。

金網の隙間に爪先をねじ込み、一息に乗り越えるとすぐさま向こう側へ飛び降り、敷地内《しきちない》に入ると正面玄関から堂々と入っていく。

ロスタイム中とは違い、もはや完全に不法侵入ではあるが、志乃を保護するという大義名分があるので大丈夫だろう。自分にそう言い訳をしつつ、まっすぐに待合所に向かおうとしたところで、かすかな猫の鳴き声が耳に届いた。

よかった、まだいる。さらに歩いていくと、思いがけず靴が床に滑ってキュッと高い音が鳴り、驚いた子猫が飛び退《との》くようにして物陰に逃げ込んだのがわかった。

さらに一拍置いて、「ひっ」と志乃が息を呑みながら立ち上がる。

「あ、驚かせてごめんね」

努めて朗らかに呼びかけると、彼女は目を丸くしながら大きな口を開けた。

「桐原……くん？　ど、どうしてこんなところに？」

「いや、それはこっちの台詞だけどね」

と僕は返す。志乃が僕のことを『桐原くん』と呼ぶのはいつものことだ。

「志乃ちゃんこそ何してるの？　さっきの猫は？　ここで飼ってるの？」

「べ、別に飼ってなんかいないよ。今日偶然、ここで出会っただけだもん」

声を上擦らせて答え、さらに目を泳がせている。姉と同じでわかりやすい子だ。

突然のことで警戒されているようだが、実は僕と志乃は以前から仲が良く、未緒に内緒で定期的に連絡を取り合い、情報交換している。二人とも彼女のことが好きなので、同好の士として友情が芽生えたというわけだ。

落ち着いて話をすれば聞く耳は持ってくれるはずだ。一旦子猫のことは置いておき、ソファーに腰を掛けるよう勧めると、穏やかな声で語りかけていく。

「僕がここへ来たのは、未緒に頼まれたからなんだ。志乃ちゃんのことをよろしくってさ。何か困っていることがあるなら、相談に乗ってやって欲しいとも言われてね」

「お姉ちゃんが……？　なら、お姉ちゃんもこのこと知ってるの？」

「ああ。お母さんに聞いたんだって。あと、ここのところ帰宅時間が遅くなったたって心配してたよ」

「そう……なんだ」

俯いて沈んだ声を漏らす彼女。そうしていると年齢相応に幼く見える。言動はやや大人びて見えることが多いが、本質的には素直ないい子だと思う。

窓際に置かれた赤いランドセルを見ながら、僕はさらに口を開く。

「ここにいるのは良くないよ。この建物、六月には取り壊されるんだってさ。それでなくとも老朽化が酷《ひど》くてそこら中ボロボロだし、照明はつかないし辺りに人気もない。

危ないよ」

「わかってるよ、そんなの」

志乃は不満げな目を一度こちらに向け、自販機の隙間に逃げた猫に目を戻しながら言葉を続ける。

「でもしょうがないじゃん。あの子のこと、見捨てるわけにもいかないしさ。だって私、飼育委員だから」

「……いや、飼育委員って学校での話だろ？」

「違うよ。心意気の問題だから。生きとし生けるもの全てが対象なの」

「そっか……。難しい言葉を知ってるね、さすが志乃ちゃん」

「おだてても無理だから。なんて言われても毎日ここへ来る。それが矜持《きょうじ》なの」

相変わらずこの子、考え方が小学生離れしているようだ。本当に九歳なのだろうかと疑いつつ、さらなる説得を試みる。

「気持ちはわかるよ。でもいつまでも同じことは続けられないと思う。取り壊しが始まったら問答無用で追い出されるかも……」

「その前には、何とかするもん」

頰を膨らませて彼女は言う。気が強くて頑固なところも姉に似ており、正直厄介だ。

何とかするとは言うものの、きっと姉と同じで根拠のない自信を支えにしているに違いない。決めつけてかかるのはよくないが、具体的な解決策があっての行動ではない気がするのだ。だから引き続き訊ねてみる。

「……あのさ、一応最初から訊いていい？　どうしてここで子猫の世話をすることになったのか」

「わかった。教えてあげる。聞くも涙、話すも涙の感動ストーリーを——」

壮大な前振りで始まったその話は、聞き終えるまでに数分を要した。ただし看板倒れでない情感豊かな語り口によって、ここに至るまでの事情は完全に把握できた。

ことの発端はいまから二週間前。小学校からの帰路において、志乃はダンボールに入れて捨てられていた子猫に出会った。場所はこのスイミングスクールから坂を下ったところにある郵便局の近くらしい。

「最初は三匹いた。でも次の日に見に行ってみると、この子だけ箱の中に残ってた」

自販機の隙間から子猫を抱き上げつつ、志乃は哀《かな》しげな目をした。

他の子猫については誰かが連れていったのか、それとも自力でどこかへ行ったのかはわからないらしい。

「桐原くんと一緒でこの子、要領悪い」

大きなお世話だよ、と咄嗟に僕が返すと、「だから可愛い」と言って志乃は子猫に頬ずりをする。毛皮は黒と茶トラの斑模様であり、いわゆるサビ猫だ。

一匹だけになったこの子猫は、箱の隅っこに丸まって震えていたそうだ。その姿を見て可哀想《かわいそう》で仕方がなくなり、家に帰って母親に飼いたいと願い出たが、受け容れて貰えなかった。だからダンボール箱を抱えてスイミングスクールに忍び込んだのだという。ここなら誰の邪魔も入らないと思ったからだ。

「なら、里親……その子を飼ってくれそうな人を探したりは？」

「まだしてない。まだその時機ではないと判断したから」

何やら格好よく言っているが、ようするに手放したくないのだろう。志乃は子猫に餌をやり、その愛くるしい姿を眺めて満足しているのだ。むしろその時間を失いたくないという思いから、積極的に里親を探す気になれないのが実情のようだった。

「でもさ、本来はここに毎日通ってるだけでも悪いことなんだよ？　不法侵入と言ってさ、いくら廃墟だからって勝手に建物に入るのは……」

「桐原くんだって入ってるじゃん」

「そりゃ志乃ちゃんを追ってきたんだよ」

「お生憎様《あいにくさま》。私は許可を得てるもん。だから悪いのは桐原くん一人だけ」

「え……？　許可を得てるって」

首を傾げたところで、志乃は「ほら」と腕を上げ、僕の後方へ人差し指を伸ばす。そちらに何があるというのか。振り向きかけたところで、廊下の先からこんな声が響いてきた。

「──おーいガキんちょ。猫用ミルク買ってきたぞ……って」

反射的に立ち上がった僕は、見知らぬ人物の接近に身構える。

窓から差し込む強烈な西日が後光となり、顔は影に覆い隠されてよく見えないが、輪郭は全体的に精悍《せいかん》な印象である。鋭角に尖った顎先にはわずかに無精髭《ぶしょうひげ》が生えているようで、背は高くて肩幅は広く、いかにも若い頃は体を鍛えていたという体格だ。

ただし、よれよれの白ワイシャツとダボついたスラックスを着用しているのが玉《たま》に瑕《きず》で、そのせいでやけにくたびれた雰囲気を醸し出しているのが気になった。

と、そこまで観察して気付く。見知らぬ人ではない。この人は──

「……おい。おまえが何でここにいるんだ？」

「先生……。いやコーチこそどうして？」

予想だにしていなかったので心底驚いた。廊下を歩いてこちらに向かってきたのは、水泳部の結城コーチだったのである。

場所を替えて、落ち着いて話をしようと言い出したのは彼の方だった。

子猫の元を離れたくないと言う志乃を待合所に残し、僕が通されたのはスイミングスクールの元事務所……ではなく、その奥にあった如何にも独身男性の一人暮らし然とした小汚い部屋だった。

パンパンに膨らんだゴミ袋が壁際に積み上げられ、小さな円形テーブルにはビールの空き缶が立ち並び、革製のソファーには脱ぎ捨てられた衣類が散乱している。

「……まさかコーチ、ここに住んでるんですか？」

「そうだよ。まさかって何だ。ここは昔から俺の部屋なんだぞ？」

結城コーチはソファーにどかりと腰を下ろし、ネクタイを解いて部屋の隅に放り投げた。それから天井に顔を向けて「ふうう」と疲労感を吐き出す。

知りませんでした、とテーブルの向かい側に座った僕は声をかけていく。

「昔、ここに通ってたんですが……。多分お会いしたことはないですよね？」

「だろうよ。コーチを始めたのは最近でな。俺はここの経営者の跡取りで、象徴的な存在だったからな」

「象徴的な存在」苦笑を堪えていると真顔になってしまった。「なるほど」

「何だその顔。冗談のわかんねぇやつだな」ぷいっと彼は顔を背けた。「これでもな、俺は日本記録を持ってんだよ。高校生のときに作ったやつだがな」

本当だったんですねそれ、とはさすがに言わない。「存じ上げてましたが、凄いですよね」

「別に大したことじゃねえよ。家がスイミングスクールだから誰より早く、長く練習できたってだけだ」

気怠げにそう口にしたかと思えば立ち上がって冷蔵庫に歩み寄り、中から取り出したビールのプルタブをぷしゅっと開けた。

「ま、こうして落ちぶれてんだから何の意味もねえけどな。おまえも飲むか？」

「いえ、さすがにそれはまずいですよ」

「知ってるよ。冗談だ。飲むと言ったら引っぱたいてたところだよ」

くつくつと、くぐもった笑い声を上げながら戻ってきた。まったく悪趣味な。でもおかげで空気が軽くなった気がした。その機に乗じて訊ねてみる。

「ここが取り壊されたらどうするんです？」

「別に、普通だよ。近くにアパートを借りてコーチ業を続けるさ。泳ぐこと以外に何もできないしな、俺」

　彼は自嘲気味に言って、力ない笑みを浮かべる。

「先達からの忠告だ。おまえもとっとと見切りつけた方がいいぞ？　どれだけ速く泳げたってよ、社会に出たらほぼ無価値だからな。なーにが生涯スポーツだよ」

「よそで言わない方がいいですよ、それ。コーチなんですから」

　苦言を呈しつつ、僕も少し笑ってしまった。

　思っていたより取っ付きやすい人だと考えを改める。ランニングの途中で幾度も見かけた、無愛想な顔とはまるで違う。何だかいまは、すごくフランクだ。

「あの子……志乃ちゃんに許可を出したって本当ですか」

　だからすかさず本題を切り出した。

「ここで猫を飼ってもいいと言ったんですか」

「許可じゃねえよ。黙認だ」軽口のような調子でコーチは答える。「そんでときどき餌を買ってきてやってるだけだ」

「でもあの子は大人に認められたと思ってますよ？　それで安心してる部分もあると思うんです。だから里親探しもしていなくて」

「そんなの知らねえって俺は」

投げやりな声で言いつつ、彼は何かのリモコンを持ち上げてスイッチを押した。

すると壁際のテレビが起動し、夕方のニュースが控えめな音量で流れ始める。

「もうすぐ取り壊しなんだから勝手にどっか行くだろ。ガキも猫も」

「そんな無責任な」

「はあ？　責任なんて別にねえだろ。何度も言ってる通り俺は教師じゃない。まして
やガキの保護者でもない。……別に危険はねえよ、取り壊しの前には清掃業者を入れ
て備品を片付けるからな。そうなったらさすがにどっか行くって」

「いや、志乃ちゃんはともかく、子猫はどうするんですか」

「裏手の山に捨てることになるだろうな、多分」

顔色一つ変えずにそんなことを言うので、さすがに声のボリュームを上げた。

「まだあんなに小さいんですよ？　山になんて捨てたらすぐ――」

「仕方ないだろ」と彼の目尻が少し吊り上がった、「所詮な、この世は弱肉強食だよ。

生きていけなきゃいけないで、俺たちが心配することっちゃない。それにあのガキだっ
ていずれはそうするつもりだろ。飼ってくれる人を探してないんならな」

ぐぐっと缶ビールを呷《あお》って、コーチはさらに続ける。

「いいんだよそれで。そもそも子猫だから面倒見てるだけだろ？　あれが汚くて死に

かけの野良猫だったら同じことをしたか？　餌をやって撫でて可愛がってよ、それで一時的に気持ちよくなってるだけじゃねえか。見えないところで死のうが何しようが意外と気にしやしねえよ。ガキなんてそんなもんだろ」

「コーチはそれでいいんですか？」

「いいって言ってるだろ。大体おまえだって口だけじゃねえか。さすが名門、吉備乃学院の生徒さんは違うよな。賢明ぶってご高説を垂れ流してるが、でも何の責任も負うつもりはないんだよな？　第三者の立場からなら何だって言えるよ」

「責任……は、確かに負えないかもしれませんが」

結城コーチの言葉は、多少気に入らないところはあるが、大筋は正論だった。

志乃が本心から子猫を助けたいと思っているのなら、既に里親探しを始めていなければおかしい。もしくは自分の家で飼えるよう母親を説き伏せなければならない。

なのにあの子は、現状に立ち止まっているだけで、何もしていない。それは一時の庇護欲を満たしたいだけだと言われても仕方がない行為なのだ。九歳の女の子に突き付ける現実としては、いささか酷かもしれないとは思うが……。

「だから俺も同じだ」コーチはテレビに視線を飛ばしながら言う。「たまに餌を買ってきては、ガキに礼を言われてちょっと気持ちよくなる。それで終わりだよ。お手軽な自己満足だ。褒められた話じゃないが、けなされる筋合いもねえよ」

「自己満足だとわかっているなら、何とかしようとは思わないんですか」

「大人は大変なんだよ。いろいろやらなきゃいけないことがあってな。……外の貼り紙を見なかったのか？　ここの跡地な、スーパー銭湯ができるんだってな。だから俺にとっちゃいまが勝負どころなんだ。この土地を一円でも高く売るためにやれることは全部やるんだよ。猫の飼い主なんて探してる場合じゃねえんだ」

言うだけ言って、ソファーの背もたれに深く沈み込み、目を閉じた。もう反論は受け付けないという態度である。

彼の年齢は三〇代半ばというところだろう。だというのにいまはもっと老けて見える。でもそれも仕方がないことなのかもしれない。親の代からやっていたスイミングスクールを閉鎖し、雇われコーチをしながら土地の処分法を考える……。確かに僕にはわからない心労があるに違いない。

けれども、それでは困るのだ。彼が志乃の行為を黙認していることが原因となって、現状維持という安易な方向に流されてしまう恐れがあるからだ。

このままずるずるといけば、ゆくゆくは本当に裏手の山に猫を逃がすという選択をしかねない。その結末は志乃の今後にとってあまりよろしくないことのように思える。

が、たとえここで声を荒らげたとしても、彼は聞く耳をもってはくれないだろう。僕はそれを経験則から知っていた。

急《せ》いては事をし損じる。一度持ち帰って作戦を練るとしよう。

部屋を辞去しようと床から腰を上げるなり、結城コーチは横目だけこちらに向けて口を開く。

「あ、そこのゴミ袋、何個か玄関に出しといてくれ」

「……まさかそれが目的で、僕を部屋に上げてくれたわけじゃないですよね？」

訊ねると彼は、「まっさかぁ」と言って、乾いた笑い声を辺りに響かせた。


翌、五月九日の早朝のことだ。自室で目が覚めてリビングに下りると、両親が互いに声を荒らげて大喧嘩していた。

フローリングの上で数枚の皿が粉々になっているのは、いつものごとく母が癇癪《かんしゃく》を起こして床に叩きつけたからだろう。踏むと危ないので、破片を回収しながら父に諍《いさか》いの理由を訊ねてみたのだが、溜息が出るほどどうでもいい話だった。

うちの屋根の上についている太陽光発電パネルが、耐用年数を過ぎていて火災事故を起こす可能性があるため取り替えろと、業者から連絡があったそうなのだ。

パネルを取り付けたのは僕が生まれる前のことだという。だから老朽化していても不思議はないのだが、その頃には太陽光発電が流行《はや》りだったこともあり、初期投資は痛いがすぐに元がとれると信じて購入したらしい。

しかし結果として、まだ元はとれてはない。なのに取り替え工事などすれば大赤字は確実だ。そんなわけで当時太陽光発電に前向きだった母に、父がここぞとばかりに非難を向けたのが喧嘩の発端らしい。

母は泣きながら、「比良坂さんに勧められて」と僕に言い訳をする。まさか未緒の家に飛び火するんじゃないかと心配したが、父も内弁慶なところがあるので家庭外にこの話が出ることはないだろう。

それにしても朝から元気なことだ。うんざりしながら両親の間に入った僕は、互いの話に耳を傾け、それぞれの立場を尊重した意見を落とすことに努める。大抵はそうしている間に二人は冷静になる。なんで子供にこんな話を聞かせているのだろうかと、しばらくすると我に返るのだ。だからそれまでは付き合う必要がある。

結局、パネルは通電を止めて放置するという結論に落ち着きそうだ。

台風などの際に落下事故に繋がるため、取り外した方がいいらしいが、その工事にもパネルの処分にもお金がかかるらしいし、家計に余裕があるわけでもない。

しかし同じ時期にパネルを導入した未緒の家がどうするかを見て、それに追従するかもしれないと思った。うちの両親は見栄《みえ》っ張《ぱ》りなので、その可能性は大いにある。

「あのさ、二人とももうすぐ出勤時間じゃない？　ここの片付けはしておくから」

そう言ってなんとかその場をおさめ、それぞれの職場に向かう両親の背中を見送ってから、重い吐息をこぼしつつ自分のための朝食準備にうつる。

うちの両親の仲が悪いのは昔からだ。さっき程度の喧嘩など、もはや伝統芸の域に達するほど繰り返されてきた。わざわざ僕の目の前で。

物心ついた頃から、両親はずっと争いを続けている。理由は時によりまちまちで、つまらないことで張り合っては家庭内に凍《い》てつく吹雪を呼び込もうとする。

根本的に二人は相性が悪いのだと思う。ごくたまに仲良くしている姿も見せるのだが、そういったとき大体中心にいるのは僕だった。息子への愛情だけでかろうじて絆を保っていると言っても過言ではなかった。

だから、ある時期を境にして、僕は二人の調整役になることにしたのだ。

二人が離婚してしまうと、高確率で母親側に引き取られることになる。すると母方の実家へ引っ越さねばならず、未緒とも離ればなれになってしまうだろう。

それは困る。だからあらゆる手を使って両親をこの家に繋ぎ止めようとした。その結果できあがったのが、現在の〝家庭内別居〟という生活形態である。

共働きの二人は、家を出て行く時間こそ同じだが、帰ってくる時間はバラバラだ。それを利用して、二人がほぼ顔を合わせずに生活できるよう環境を整えた。

父は帰宅時には勝手口を使い、そのまますぐに二階へ。母は玄関から帰ってくると一階で過ごし、決して二階に上がることはない。外出時はそれを逆回しにするだけだ。

祖父母が生きていた頃には二世帯住宅だったため、それぞれの階にキッチンやリビングがあり、生活に不便はない。あとは風呂場でバッティングしないよう気を付け、洗濯物は僕が管理し、連絡事項があればその都度橋渡しするようにすればいいだけ。

二人が普段顔を合わせることはなく、仮初めの平穏が保たれるという寸法だ。

もちろん家族としては極めて歪《いびつ》な形態だろう。もし本当に両親の幸せを願うなら、もっと早くに二人を別れさせるべきだったのかもしれない。

だけど僕は、自分の都合でその選択肢を握り潰した。せめて独り立ちできる年齢になるまで二人にはこのまま我慢して貰おうと思っている。ただのエゴには違いないが、両親の不仲という事実は、幼少期の僕にとって凄《すさ》まじい精神的負担だったからだ。一時ノイローゼになりかけたことさえある。だからこの程度の我《わ》が儘《まま》は、許されて然《しか》るべきではないだろうか。

「……まあ、悪いことばかりじゃないけどね」

朝食を食べ終え、洗い物をしながら自嘲的にそう呟く。家庭の事情のせいでいつの間にか、僕は年齢に見合わぬ小賢《こざか》しさを手に入れていたからだ。

人の顔色を窺うのがうまくなったのも、争い事を鎮めるためにはまず根回しが重要だと知ったのも、全ては感情のままに争いを続ける困った両親のおかげだ。

無論、このことは未緒も知らない。家庭の恥を表に出すべきではないという自制心が働いたためだ。彼女は未だにうちの両親を、おしどり夫婦だと思っているだろう。だからこの秘密は墓まで持っていくつもりだ。未緒に幻滅されたくないし、余計な心配もかけたくないからである。

「ん……？」

リビングのテーブル上に置いていたスマホが震動したことに気付き、タオルで手を拭いて確認してみると、未緒からメッセージが入っていた。

『昨日、何かあったの？』

「せっかちだな。相変わらず」

スイミングスクールで志乃と会った結果を訊ねられているのだろう。ロスタイム外で馴れ馴れしくするなと言ったのは自分だろうに。

「会ったときに話すよ……と」

そう返事を入力して、スマホを通学鞄にしまった。時計を見ればもうあまり猶予はない。そろそろ登校しないと遅刻してしまうかもしれない。

どうせ急を要するような問答ではないのだ。ロスタイム中に報告すればいいだろう。

制服に袖を通しつつ玄関に鍵をかけ、自転車のスタンドを蹴り上げると、サドルに跨ってすぐに風になった。


やがて放課後になると、その日も半ば当然のごとく時間は止まった。

待ち合わせ場所に走って行くと、やはり未緒は腕を組んで待っていた。そして昨日の経過を報告した途端、眉根に皺《しわ》を寄せて「うーん」と唸《うな》り、

「そっか……。コーチが志乃に許可出してたんだ」

「本人は黙認しているだけと言い張ってたけどな」

「でもよくないよね、それって」

彼女は睫毛《まつげ》を震わせて物憂げな面持ちになる。

結城コーチは現状、問題をかなり軽く捉えている。取り壊しを待つ施設内に入り込んだ子供と子猫について、わざわざ追い出すまでもないと思っているのだろう。勝手にやればいい、どうせ時間が解決するさ、くらいに考えているに違いない。

でも小学生の志乃にとっては違う。大人が後ろ盾になってくれたように感じている。いまの状態が決してよくないものだとは知りつつも、甘えられる環境が整ってしまっているのだ。施設内の滞在許可は得ているし、自腹を切らずとも餌まで買ってきて貰えるとなれば、慌てて動く必要もない。

「放置すれば良い結果にはならない。認識を改めさせる必要があると思う」

そんな僕の見解を説明すると、未緒はますます表情を曇らせた。

「難しい問題だね……。本当にごめんね、面倒なことを頼んじゃって」

「いいや？　別に構わないよ。この程度、大したことはない」

からっとした口調でそう返した。

「もう既に、問題解決までの筋道は見えたしね。あとは行動に移すだけ」

「……ええ？　本当に？」

予想外だったのか、未緒はきょとんとして驚きを返す。

「解決できるの？　そんな簡単に？」

「ああ。確実とは言えないけど、でもとりあえずやってみるよ」

一旦そう告げてから、少し考えて補足する。

「明日は準備があるから待ち合わせはなしにしよう。明後日も土曜日だから駄目かな。月曜日のロスタイムになったらスイミングスクールに直接来てくれ。うまくいけば、そのときにはもう全てが解決しているかもしれない」

「嘘、そんなに早く?」

未だ半信半疑の様子で目をぱちくりさせる未緒に「まあ任せて」と言いつつ、僕は早速脳内で交渉のシミュレーションを始めていた。


「――ねえこれ、一体どういう状況?」

やがて訪れた月曜日の午後四時一五分。静止したスイミングスクールの施設内で、周囲の様子をきょろきょろ見回しながら訊ねてくる未緒に、この状態に至った経緯をかいつまんで説明してやることにした。

「見ての通りだよ。現在、水泳部の二軍男子部員が総出で清掃中だ。相葉先生がここまで車を出してくれて、おかげですぐに取りかかることができた」

「ちょっと待って。何で水泳部のみんなが？　志乃はどうしてるの？」

「あっちで手伝ってる。ちょっと不服そうではあるけども」

言いつつそちらを見ると、時間停止中にも拘わらず志乃の頬は少し膨らんでいた。

ダンボール箱に入れたレンタル水着をどこかへ運ぶ途中のようだ。

ちなみに子猫はキャリーケースに入れ、結城コーチの部屋に避難させている。

「みんなで清掃……？」未緒はさらに首を傾げた。「どうしてそんなことに？」

「誠意ある交渉の結果だ」

端的に答え、それから少し解説を加える。

「取り壊しの前には、清掃業者を入れるとコーチが言っていたからな。それをキャンセルしてもらって、代わりに僕らで作業を肩代わりすることにしたってわけ」

「ええ？　でもそんなの、水泳部には何のメリットも……」

「それが、あるんだよ」

未だに戸惑っている彼女に、満を持して詳細を語ることにした。

「最初にここへ来たときに気付いたんだ。スイミングスクール内には、まだ古い備品が置き去りにされているってね。清掃業者に処分して貰うつもりだったらしいけど、コースロープとかプールフロアとか、ビート板や水質測定器もまだまだ使える」

どれも経年劣化のせいで変色したり表面がひび割れたりしているが、プール用具は水に濡《ぬ》れることを想定して作られているため、本来かなり丈夫だ。

「見映えがよくないから売り払ったりはできないけど、うちの水泳部で使う分には何の問題もない。だから清掃をこっちで請け負う代わりに、備品をタダで譲ってくれと頼み込んだんだ」

「いや、簡単に言ってるけど、そんな交渉よくまとめられたね？　この短い間に」

本気で感心している様子の未緒に、「それは相葉先生の存在が大きい」と言って僕は廊下の先に指を伸ばす。窓際で西日に照らされた二人のシルエットに向けて。

「あの二人の姿、見えるか？」

「もしかして、相葉先生と結城コーチ？」

「陰になってよく見えないだろうけど、コーチの鼻の下、デレっと伸びてるだろ」

「うん……。ほとんど滑り台みたいに伸びてるね」

「あれが全てだよ。今回のことで実感を深めたけど、断れないんだ相葉先生の頼みは。げに偉大なるは、大人の魅力溢れる美人ってこと」

「なにそれ。ちょっと当てつけみたいに言ってない？」

言ってない言ってない、と軽く笑って否定する。

「まあ利害が一致したのも事実だ。水泳部の備品がいろいろ足りなくて、でも予算を切り詰めなきゃいけない相葉先生。スクール内の清掃をするために業者を呼ぶ必要があり、備品の処分をしなければならなかった結城コーチ。だから僕が仲介役となって二人を引き合わせ、ゆっくり話をして貰ったわけ」

コーチは清掃業者を呼ばずに済んで、処分費用も削減できた。加えて相葉先生からの好感度まで稼げるのだから断る理由はなかったはずだ。

とはいえ交渉を持ちかけた当初は大人の面子《メンツ》が邪魔をして、乗り気ではない素振りを見せていた。もしかすると相葉先生や教え子たちに、この殺風景な施設内を見せたくなかったのかもしれない。水泳に人生をかけた者として、この儚《はかな》き夢の跡を……。

でも実利に比べれば、そんなものは些細《ささい》な問題だ。

対する相葉先生の方は、二つ返事で食いついてきた。プール用具はどれもかなり値が張るからだ。防水性と耐久性を両立させるのが困難なためである。

それらをタダで手に入れられるのなら、清掃作業を手伝うくらい何てことないと、すぐに車まで出してくれた。車があれば必要な備品を積み込んで適宜持ち運ぶことができ、使用に耐えないものはそのままゴミ処理場へ運ぶこともできる。

さらに人手の心配もない。相葉先生の頼みを断る男子部員などいないし、いるならとっくに部活を辞めている。あの西森と和田まで手伝ってくれているくらいだ。

彼らを含めて男手が八名。この調子なら数日かからずに作業は終わることだろう。

「そもそも二軍はいま、ランニングと筋トレしかすることがないからな。掃除で体を動かすのもトレーニングの一環と考えればいい」

「よくみんなを納得させられたね……。それも相葉先生から頼んで貰ったの？」

「その通り。一人ずつ手を握ってお願いして貰った。ほぼ瞬殺だった」

「呆れた……。でも志乃は？　さすがに嫌がったでしょ？」

「いまでも内心は嫌々だと思う。志乃ちゃんは子猫を愛《め》でる時間が欲しかっただけだから。誰にも邪魔されず、手軽に庇護欲を満たせる時間が」

子猫の将来を危惧しつつも、何も行動しなかったのがその証拠だ。

現状のままで良いはずがないと知りつつも、志乃は里親を探さず母親の説得も諦めた。そして漫然と日々を過ごしていたわけだ。子猫の愛らしさで全てを誤魔化して。

でも後ろめたいことがある相手には、正論と強行手段が何より効果的である。

「だから里親募集は僕がやることにした。既に複数のSNSに子猫の写真を掲載し、情報を拡散させているよ」

すると未緒は頬をひくつかせて、「もうそこまでやってるの？」と訊ねてきた。

こくりと僕は首肯する。

「やらなきゃ覚悟を見せられなかったからな」

正直に言えば、あのときのコーチの言葉が引っかかっていたからだ。第三者の立場なら何とでも言える、責任を負う気もないくせに口を出すなと……。だからやった。

「子猫の件に関しては独断だ。志乃ちゃんの了承は得ていない」

「怒ったんじゃない？　それ」

「だろうな。でもそれは正当な怒りじゃない。拗《す》ねてもいるだろうけど、その感情を表に出さない程度の分別はあったみたいだ」

無論、事後に説明はした。「勝手なことを！」と怒られはしたものの、感情の発露はそれで終わり。結局は飲み込むしかなかったようだ。

どう考えても悪い話ではないからだ。引き取り手が決まれば相葉先生が車を出してくれるそうなので、隣県くらいまでなら子猫を届けに行くことができる。このフットワークの軽さは九歳の少女には真似できない。

「正論を振りかざせば、志乃ちゃんも頭を縦に振るしかない。人間には見栄ってものがあるからな。これだけの人数を目の前に連れてきて、丁寧にメリットを説明すれば了承するしかない。どう考えても実利のある話なんだし」

「小学生の見栄を、利用ね……」

そう言って未緒は眉根を揉《も》みほぐすようにする。

「……確かに、言いたくないかもね。よくないこととは知りつつも、対策については何も考えていませんでした、とは」

「結城コーチも同じだ。なるようになれと思っていたんだろう。でも相葉先生を前にすれば、口には出せなくなる」

美人を前にすると、男は見栄を捨てられないのだ。僕も例外ではないが。

「そして見栄がある以上、ちゃんとお膳立てを整えて説得すればこの通り。みんな心から納得しているわけじゃないだろうけど、事態は既に動き出しているからな。やるしかないし、やってるうちに納得するもんだよ」

「なんか正直、怖くなってきたよ、綾人くんが……」

彼女は苦笑いする。

「人間関係を利用して、全部の逃げ道を塞いだってことだよね？　それ」

「そうだよ。でもこれが最善と思えた。誰にとっても」

「……はは。本当に凄いよ。平然とそう言えるのがまた凄い」

口では褒めつつも、何やら白い目で未緒は僕を見ていたが、それから数秒ほどしてふっと微笑を漏らしながら表情を緩める。

「ちょっと思い出したよ。……わたしが志乃と同じくらいの頃さ、帰りの会で先生に呼ばれて、教壇に立たされてすっごく怒られたの覚えてない？」

「そんなこと、あったっけ？」

いきなり何の話だろうか。首を捻《ひね》りながら記憶の底をさらっていると、

「髪の毛の話だよ」

彼女は自分の横顔に手を伸ばし、毛先をくりくりと弄りながら続ける。

「小学三年生のとき、わたしって茶髪だったじゃない」

そう聞いて「ああ」と声に出し、僕はぽんと手を叩く。

プールの水に含まれる塩素は、髪を脱色するのだ。当時の未緒はキャップも被らずに毎日泳いでいたため、茶髪どころかほぼ金髪だった。

それをきっかけとして次々に思い出が蘇ってくる。小学三年生のとき、二学期に入ると同時に担任が産休をとり、臨時でやってきた女性教師が未緒を教壇に呼び出して、いきなり怒鳴り散らしたのだ。髪を染めるのは校則違反だと。

「あのとき、わたしパニクっちゃって……。塩素がどうとか難しいこともわかんなくて、何も言い返せなくてさ。でも本当は、すっごく期待してたんだ」

ちらりとこちらに横目を向けながら、彼女はさらに言う。「幼なじみの男の子が、ヒーローみたいに助けてくれないかって」

「そっか……。ごめん」

少々ばつが悪くなり、そう言って頬を掻いた。当時の未緒は、さぞや落胆したのだろう。あのとき同じ教室内にいた僕は、彼女に救いの手を差し伸べなかったからだ。

「あのあとさ、同級生からもいろいろ言われたんだよ。……ねえ比良坂さん、前から思ってたんだけど何で髪染めてるの？　どこか美容室行ってるの？　とかね」

「それもごめん」

「でも二、三日経ってからかな。先生に職員室に呼び出されて、いきなり謝られたの。お母さんに聞いたからって。水泳教室のせいだったのかって……。けどおかしいなと思った。先生は謝ってくれたけど、別に教室でみんなに説明してくれたわけじゃない。なのにそのあと、誰もその話をしなくなった。不思議なことに」

神妙な顔つきになった未緒は、射貫《いぬ》くような目でこちらを見つめてくる。

「ねえ、あのときも綾人くんがやったんでしょ？　お母さんに事情を話して、先生に電話して説明して貰って、クラスのみんなにも根回ししたでしょ」

「……ヒーローみたいじゃなくて悪かった」

と、続けて僕は謝罪した。期待を裏切ってしまったことだけは本当に申し訳ない。

「裏でこそこそ動くのが、昔から得意なんだ」

「だろうと思った」

彼女はたちまち相好を崩し、あははっと快活に笑う。

「意地悪な言い方をしてごめんね？　あのときも今回も、綾人くんはわたしのために頑張ってくれたんだもんね。それが一番良い結果になると思ったから……」

衆目がある中で教師に反目すれば、あちらの面子を潰すことになる。正論であっても反感を抱かれる恐れがあったし、それは同級生についても同じだ。

塩素のせいだと説明しても信用されないかもしれないし、校則違反には違いないから是正しろと言われるかもしれない。だから声を上げることはできなかったが……。

「いまは後悔してる。格好いいところを見せるチャンスだったのにって」

「なら次回は派手にやってよね。楽しみにしてるから」

いつしか彼女は、とても優しい眼差しになっていた。

「面倒かけてごめんね、昔からいつも」

「別に面倒でもないけどな。いまのところ簡単に解決できる案件ばかりだし」

「綾人くんだからそう思うんだよ。普通の人はそんなに簡単にはいかないって」

「そうかな」

「そうだよ。綾人くんに比べて、わたしは駄目駄目だなぁって心底思う」

彼女は少し俯いて、控え目な声量で言う。

「泳ぐことで頭がいっぱいで、周りが全然見えてなかった。相葉先生がこんなに人気者だって知らなかったし、志乃の悩みにも全然気付けなかった。ロスタイムがなければきっと、全部素通りしていっちゃってたんだろうね」

未緒にしては珍しく、本気で落ち込んでいるようだ。深刻そうなその態度を見て、どう言葉をかけたものかと迷っていると、やがて自己解決したように顔を上げた。

「何だか鼻が高いよ。こんな凄い幼なじみを持ってさ」

「別に凄くなんかない」

「ううん。わたしだけなら何も知らなかったし、何も始まらなかった。十分凄いよ。いろいろガサツで気配りのできないわたしと違って」

「まあそこは否定しないけど」

「いや否定してよ。礼儀でしょ」

肩を叩きながらそう訴えてくるが、どこか空元気のように見える。だからいつもの調子に戻って欲しくて、僕はこんな言葉を口に出した。

「いいんだよ。そんな未緒を好きになったんだから」

「…………は？」

唖然とし、ちょっと目を白黒させる彼女。

「ちょっ、何言ってんの？　いきなり不意打ちやめてよね」

「前にも告白したんだから別にいいだろ？　もうバレちゃってるんだからさ」

「そうかもしれないけど……。いやいや！　何かズルい気がする！」

少しは照れてくれたのか、両手で顔を覆いながら未緒はくるりと振り返る。

いや、思ったよりも効果はあったようだ。髪の隙間から見える耳の先端が赤くなってきていた。そんな反応をされると、僕まで恥ずかしくなるのだが……。

そんなわけで結局、二人揃ってそのまま数十秒ほど沈黙してしまい、何だか居心地が悪いのに傍を離れたくもないような、そんな不思議な感覚を味わった。

「あ、あのね」

やがて未緒はそう口にして、聞き取れるか聞き取れないかという小声でぽつりと、
本当は綾人くんのこと……と呟いた。その直後——

「…………は？　ここでかよ」

気付けば僕は、スイミングスクールの玄関前に一人で立っていた。

いつもこうだ。ロスタイムは唐突に終わりを迎え、そして心に喪失感の穴を穿《うが》つ。直前まで未緒がいたその場所に、かすかな余韻だけを残して。

だけどその日はまだ、胸の中に温《ぬく》もりが宿っていた。鼓動の音も幾分大きく聞こえるようだ。最後の言葉が聞けなかったのは残念だが、また明日確認すればいい。

「……よし、やるか」

にやつく頬を一度叩いて気合を入れ直すと、さっと体を反転させる。

言い出しっぺの僕がいつまでもサボっているわけにはいかない。すぐに施設内に戻ると、忙《せわ》しなく荷物を運ぶ磯谷に声をかけ、引き続き清掃作業に勤しんだ。

翌、五月一四日も清掃作業の予定だったが、クラスの日直当番だったため部室に顔を出すのが遅くなってしまった。

磯谷たちはもう出発したあとらしい。ただ、スイミングスクールまでの距離は遠くないので、走って追いかければいいだけだ。そう考えてジャージに着替えていると、そのタイミングで早くもロスタイムがやってきた。

慌てて校門前に行くと、またも仁王立ちで待っていた未緒がこんなことを言う。

「よく来たね、綾人くん。これまで幾多の試練を乗り越えてきた君に、最後の試練を課すときがきたようだ」

「最後って？　まだ体力の試練しかこなしていないけど……？」

「いいや違う。実は志乃の一件が、知力の試練だったのだよ」

「ああ、それカウントされてるんだ。……ほんと大雑把だよな。企画倒れというか」

「もういいから！　最後の試練やるから！　黙ってついてきてよ！」

途中で面倒臭くなったように言って彼女は歩き出す。相変わらず大きな歩幅で。どうせ一度言い出したら聞かないのだ。こうなってしまうと大人しく従うしかないだろう。経験則からそう判断して後ろをついていく。でもときどき話しかけると明るい声が返ってくるので、今日も機嫌は悪くなさそうだ。

「——んじゃ、手伝って」

ＫＳＣの玄関までやってくると、ガラスで作られた大扉の取っ手を両手で握って、後ろにぶら下がるようにして彼女は体重をかけた。

普段ならば難なく開けられるはずのドアも、凍結の支配下にあるため非常に重くなっているらしい。乞われて同じ取っ手を摑むと、「せーの」と息を揃えて後ろに思い切り引っ張る。するとほどなくしてドアは動き出した。

「よし。プールまではあと一枚ドアがあるから、それもお願いね。あと女子更衣室のドアも開けてもらうけど、中には入らないように」

わかってるよ、と言いながら彼女に続いて廊下を進むと、とりあえず更衣室のドアを開けて中に通した。てことはまさか……。

「泳ぐ気なのか？　水着持ってきてないんだけど？」

「大丈夫。準備しといたから。はいレンタルのやつ」

「用意のいいことで」

手渡された水着は、腿上までの丈があるスパッツタイプの水着だった。恐らくこのスイミングクラブで貸し出されているものだろう。

仕方なく更衣室で着替え、彼女の準備を待ってからプールへの扉を開くと、計測会で泳いだ五〇メートルプールが姿を現した。

「あまり周りをじろじろ見ないの！　水着の女の子がいるからってさ！」

耳を引っ張られ、その鋭い痛みに「うっ」と声を漏らす僕。

「痛いじゃないか。別にそんなに見てないのに……」

「言い訳しない。端のコースが二つ空いてるからあそこにしよう」

と指示した直後、未緒は何かを思い出したように「はっ」と息を呑み、そこから急に口調を変化させた。

「ふふ、よくぞ来た。体力の試練、知力の試練ときて、最後の試練は泳力だ！」

「体力と完全に被ってるけど……」

「いちいちうるさい！　ほら行くよ！」

早速飛び込み台に立とうとする未緒に、後ろから「待てって」と声をかける。

「なぁ、ロスタイム中なんだし、プールの水って凍結してるよな？」

「────あ」

気付かなかった、という顔をして彼女は振り返る。

「そうか。これは大誤算だね」

「いやいやいや、嘘だろ？　さっきまであんなドヤ顔して試練がどうとか言ってたのに？　ロスタイムのルールを説明したのもおまえなのに？」

「まあまあ、誰にでも間違いはあるって」

言いつつ回り込み、プールサイドから水面の上に足を伸ばそうとする。

そしてそのまま、慎重な所作で水の上に立った。

「……うん。凍結してるね。綾人くん大正解」

「誰でもわかるだろそんなの」何だか頭が痛くなってきた。「というかな、泳ぐならロスタイム中じゃなくてもいいだろ？　そもそも勝てるわけないし」

高校生男子の五〇メートル自由形のタイムは、平均値で女子より三秒ほど速いとされる。だがいまの僕らの差は三秒どころではないはずだ。

「だって、見せたかったから」

未緒は静かな声で言った。

「水泳を続けるために、いろんなものを犠牲にしたから。お母さんに負担をかけて、志乃とも擦れ違って、綾人くんの気持ちを踏みにじって」

一度そこで言葉を区切ると、どきりとするほど真摯な目を向けてくる。

「それでも泳ぎ続けたから、見て欲しかったんだよ。わたしがどれだけ成長したのか、どれだけ速くなったのか。最後に一度だけでもいいから」

「最後って……」

あまりに真剣なその態度に、僕は苦笑しつつ返す。

「いつでも付き合うよ、練習くらい。この先もずっと」

「なら良かった」

彼女はにっこりと笑い、それからこう続ける。

「でも勝負はします。当初の予定とは違ったけど、こうなったら駆けっこでいいや」

「おいおい」

　軽やかな足取りで隣のコースにうつった彼女は、手招きで僕を呼ぶ。まさか本気でやるつもりか。

「考えてみればちょうどいいじゃない。だって競泳じゃ勝てないんでしょう？　でもまさか徒競走で女の子に負けたりしないよねぇ」

「いや……そりゃ負けないだろうけど、凍結って強い力をかけると解けるんだよな？　じゃあ踏み込んだ瞬間に沈むんじゃ……」

「要はさ、足が沈む前に次の一歩を踏み出せばいいんだよ。一回やってみたかったんだよね、水走りってやつ」

　コンセプトが迷走しすぎだろ、と言って笑いかけると、何故か彼女は真面目な顔に戻って、「本気で勝負しよう」と口にする。

「いい？　わたしが勝ったら、綾人くんはわたしのことをこれまで以上に愛し、讃《たた》え、敬うこと。何をしてもその罪を全部許すこと。わだかまりも不満も全てを水に流し、以後絶対に引きずらないようにすること！」

「なんだよそれ」一方的すぎないか。「じゃあ僕が勝ったら？」

「敗者の罪を許し、寛容になること」

待て待て。それ、どっちに転んでも同じ結果になるのでは？

そう思いはしたものの、あえて口にはしなかった。何やら気まずそうに目を逸らした彼女の態度に、あるものを感じ取ったからだ。

ようするに未緒は、僕と仲直りをしてくれるつもりなのだろう。

ただし、だからといってあの告白の結果が変わるわけではないのだ。彼女が本気で水泳に取り組むと決めた以上、結局僕と交際をしている暇なんてないのだから。

その厳然たる事実は、少なくとも高校三年間は変わらないと思える。いつまで経っても僕らは、隣り合わせの平行線のままだ。

けれどロスタイムの間だけは、違うのかもしれない。

いくら水泳バカといえど、プールの水が凍結している以上泳ぐことは難しい。それに体を鍛えても時間が動き出せばリセットされるのだから、何をしたって結局全ては徒労に終わる。

だからロスタイムの使い道は、いまのところ一つしかない。

止まった時間の中で動けるのは僕ら二人だけなのだから――厳密には神様もいるらしいが――一緒に笑い合ってこの一時《ひととき》を過ごすために、仲直りしたいと言ってくれているに違いない。おまけの時間だけでも、元の幼なじみに戻ろうと。

だとしたら僕の返事も一つしかない。

「──言っとくが、手加減しないからな」

ふつふつと湧き上がる闘志を体の内に感じながら、そう宣戦布告する。

「上等」未緒もにやりとした。「競走するの、久しぶりだね。中学生以来かな？」

「あのときより成長してるからな。目にもの見せてくれる」

「期待しているよ。お姉さんを楽しませてくれたまえ」

「同い年だろうが」

「いいや、誕生日は四日ほどわたしの方が早い」

二人並んでクラウチングスタートの体勢をとると、未緒はさらに楽しげな声になって続ける。

「そんじゃいくよ。どうぞご唱和ください」

「何をご唱和するんだよ。またコンセプトがぶれてないか？」

「わたしの合図でスタートしたら文句言うでしょ？　だから一緒に言ってよ」

「なるほどな。わかったよ」

そのあと声を重ね合わせて、僕らはこう宣言した。

よーい、どんっ──と。

第三話　極めて近く、限りなく遠く

五月半ばになると過ごしやすい気候が続き、部活のトレーニングがまるで苦にならなくなった。体力もついてきたようで、もう筋肉痛に悩まされることもない。

四つ折りにした退部届は、いまも制服の内ポケットで眠っている。あれだけ辞めたいと毎日考えていたのに、日ごとにその想いは薄れてきていた。

むしろ明日が来るのが楽しみなくらいだ。それもこれもロスタイムのおかげだろう。

いまや一日の例外もなく、午後四時一五分になれば世界は静止する。そして時間が止まったロスタイムの中で動ける人間は僕たち二人だけだ。となれば仲違《なかたが》いなどしている場合ではない。

タイムリミットまでの約一時間。僕らはそれを、ただ談笑のみに費やしていた。

昨日見た競泳の番組で誰が凄かったとか、部活で誰が何をしたとか、水泳部のキャプテンは実は他校に恋人がいるのだとか、大抵はそういった他愛もない話である。

ただし僕にとってその時間は、もはや何より大切なものになっていた。入学式以来、彼女とやや距離を置いていた反動だろうか。まるで必須栄養素の何かが欠乏していたように、それを補うように僕らは語り合った。とりとめもない日常の雑事ばかりを、まったく飽きることもなく。

だが二人の関係はロスタイム限定のものだ。別々のクラスなので普段は顔を合わせる機会がなく、たまに廊下で擦れ違っても素知らぬ振りをしている。

でもそんな、少し以前なら落ち込んでしまいそうなその距離感が、いまはちょっと悪くないと感じる。素っ気なくされても、何故だか嬉しいのだ。

人目につく場所ではツンツンしていても、ロスタイムで二人きりになれば仲良く笑い合える。世界の裏側で絆が繋がっている。その、二人だけの秘密を共有している感じが凄くいい。だから放課後になれば、心に羽が生えたように気分が軽くなるのだ。

けれど、それはともかくとして。

「——勉強したい？」

未緒がはっきりと顔を顰《しか》めながら、僕の言葉をそのまま鸚鵡《おうむ》返《がえ》しにした。

いまいる場所は食堂のテラス席だ。ここでお菓子と飲み物を広げて歓談をするのがここ最近のお決まりだったが、現状へ一石を投じるべく真面目な声で告げる。

「せっかくこれだけの不思議な現象を毎日体験をしているんだ。もっと最大限に活用する方法はないかと考えてみたところ、勉強だという結論に達した」

「嫌に決まってるでしょ！」

直ちに難色を示した彼女は、駄々っ子のようにテーブルの下でばたばた足を動かす。

「絶対おかしいよ！　この貴重な時間を勉強なんかで浪費するなんて！」

「貴重な時間だからだ」

と言って、筋道を立ててその思考プロセスを説明する。

ロスタイム中に何を為《な》しても、時間が動き出せばリセットされる。たとえばお菓子を食べても時間が動き出せば手つかずの状態に戻る。二度美味《おい》しい。それはいい。

しかしリセットされないものが一つだけある。それは僕ら二人の記憶である。

トレーニングをしても何かを作っても、ロスタイムが終われば徒労感だけが残る。

でもしっかり勉強をして脳に刻みつけた知識だけは消えないのだ。

だから、お喋りをしているくらいなら教科書を開いた方がいいに決まっているのである。せっかく誰の邪魔も入らず集中できる環境があるのだから。

「五月末から中間テストだぞ？　おまえ、練習ばかりでちゃんと勉強できていないんじゃないのか？」

「…………」

すると彼女は口を〝へ〟の字にねじ曲げながら僕を見て、それから顔を背ける。

「そう……。そこに気付いてしまったのね」

何やら神妙な声色でそう呟いた直後、

「でも、嫌なものは嫌ですっ！」

一拍置いて決然とした眼差しを向けてきた。

「やりません！　勉強はやりません！　これは決定事項です！」

「いや、そんなに力強く後ろ向きの発言をされても……」

「だって勉強なんていつでもできるじゃん！　だけどロスタイムはいま、ここにしかないんだよ？　二人っきりで楽しめるのはいまだけ！　ね？　ね？」

下手くそなウィンクをしながらそんなことを言う。媚《こ》びているつもりらしい。

「だから楽しくテスト勉強するべきだ。吉備乃は甘くないって知ってるよな？　もし赤点とったら部活停止だぞ。泳げないのは死活問題だろ？」

語気を強めて「やるぞ」と言うと、未緒は「ぐっ」と言葉を詰まらせた。

なのでさらに畳みかける。「ロスタイム以外じゃ僕が教えてやることもできない。だからテストまでは我慢してくれ。どうせ他にできることなんてないんだし」

「そんなことない。お喋りだってできるし、もっと面白い活用法を思いつくかも」

「わかったわかった。思いついたら教えてくれ」

これ以上の問答は無用と判断し、鞄から教科書を取り出した。

もう抗弁には取り合わず、粛々と準備を整えていると、未緒はどんどん不満げな顔になっていき、やがてそっぽを向いてしまう。

それほどまでに勉強がしたくないのか。頭の中まで筋肉になってしまったのかと僕は溜息をつく。

「……入学前には頑張って勉強したじゃないか。どうしていまはできないんだ？」

スポーツ特待生として推薦を受けた未緒は、今年の初めに特別試験を受けた。それは学力だけでなく、実技を含めた総合点で合否を判断される試験だった。

一般入試よりも必要とされる学力は低かったが、未緒にとっては簡単ではなかったはずだ。それでも彼女が歯を食いしばって頑張ったのは、特待生になることで得られるメリットが非常に大きかったからだ。

水泳には意外とお金がかかる。父親を早くに亡くした未緒は、家計に余計な負担をかけたくなかったのだろう。だから特待生は入学金を免除され、しかも部活中ならばスイミングクラブのプールが使い放題。さらにコーチまでつけてくれるという数々の特典を耳にして目の色を変えたのだ。

あの頃は未緒もひたむきに勉学に取り組んでいた。自分の夢を叶《かな》えるために。

だというのに、いまのこの反応は何だ。弛《たる》んでいると判断せざるをえない。

あのな、と苦言を呈そうとしたところで、

「勉強はするよ」

言い訳のようなトーンで彼女は答える。

「ちゃんと家でするから、ロスタイム中は止めようよ。いましかできないことをするべきだよ。わたしもちゃんと考えるから」

「駄目だ」

と即座に却下する。未緒が逃げていると思ったからだ。

「文句はテストが終わった後で聞く。とりあえず教科書を開け。教えてやるから」

「えー、本当にやるの？　頭固すぎない？」

「やるんだよ。それが嫌なら、明日から小テストの答案を持ってきてくれ。僕よりも点数が高ければ免除にするから」

そう口にすると、未緒はますます暗い顔になって俯いてしまった。だが彼女の視線が落ちた場所に強引にテキストを差し込み、席を隣にうつして態勢を整える。

何だかんだ言って、始めてしまえば真面目に取り組むだろう。

根気よく教えていれば、いつか熱意が伝わって彼女も態度を改めるはずだ。当初はそう楽観的に考えていたのだが……。

「時間の無駄だよ。こんなの」と予想に反してずっと未緒は沈んだ表情のままだった。

そこまで勉強がしたくないのか。それともロスタイムを大切に思っているが故か。

どう判断すべきかと迷っているうちに、足音も立てずタイムリミットはやってきた。


「――やってきましたドリームランド！　うおおおぉ！」

よく晴れた日曜日の午後四時一五分。蒼穹《そうきゅう》に向けて大きく拳を振り上げ、気勢を吐く幼なじみの勇姿を、半ば呆れながら僕は眺めていた。

ここに至った経緯はごく単純である。土曜日の昼間から自宅でテスト勉強に励んでいた僕は、いつも通りロスタイムの到来を肌で感じとった。

それでも、気にせずに勉強を続けた。時間停止現象も慣れてしまえば時報と同じだ。

やはり、一番有意義な活用法は勉強だなと確信を深めていると、静謐なはずの世界にドンドンとけたたましい物音が響いてきたのだ。

言わずもがな、犯人は未緒だった。玄関のドアを太鼓のように叩いていた彼女に、

「どうしたんだ」と訊ねると、

「明日はドリームランドで待ち合わせしよう！　もちろんロスタイムにね！　わたしが停止時間の本当の活用法、しっかと見せてあげるから！」

とだけ言って嵐のような勢いで走り去っていったのである。せっかくなので家に上がっていけばいいのにと思ったが、伝える暇もなかった。

そんなわけで今日、言われた通りこの遊園地にやってきたのだが……常軌を逸した彼女のテンションに、もう不安しかない僕だった。

「いいねぇ、ドリームランド……。子供の頃から全然変わってないよ。この景観から滲み出るノスタルジーがたまらない……」

「ノスタルジーより何より、そこら中から赤錆《あかさび》が滲み出てるけどな」

興奮しっぱなしの未緒との温度差がいよいよ酷い。げんなりしつつゲートをくぐって辺りを見回すと、そこはもう遊園地とは名ばかりの、廃村じみた空間だった。

まず客がほとんどいない。日曜日の夕方前だというのにだ。

あと、アトラクションが全然動いていない。メリーゴーラウンドもコーヒーカップも整備中の看板で封印されている。さらにその看板自体も長く風雨に晒されているよ

うで、木材が湾曲して歪な形になっていた。整備なんて未来永劫《みらいえいごう》終わらないだろう。

「ちょっと残念。ロスタイム中にはジェットコースター乗れないもんね」

「乗れても乗らないからな」と釘を刺しておく。「さっきの案内板見なかったのか？　世界最古の木造ジェットコースターって書いてあったぞ……」

煽《あお》り文句《もんく》にしても恐ろしすぎる。〝世界最古〟も〝木造〟もアトラクションにつけていい冠言葉じゃないだろうに。

「あれ？　でも乗ったことなかったっけ？　小学生のときに」

「未緒たちが喜々として乗ってる間、僕はベンチでジュース飲んでたよ。……あと、あんな開き直った案内板はなかった」

ドリームランドは、この辺りの学区の小学生にとっては、昔から人気のスポットだ。入場料が百円というやけくそな安さで、当時からまともに動くアトラクションは三つか四つしかなかったものの、友達同士でわいわい園内を巡るのは楽しかった。

ただ高校生になったいま、この寂れっぷりでどうやって経営を存続させているのかという点が気になって仕方がない。ちゃんと税金は払っているのだろうか。

実はとっくに潰れていて、地元の有志が勝手にゲートを開けているだけという可能性すらある。そんな不穏なことを考えつつ歩いていると、園内中心部に置かれた大きな日時計の前で未緒が足を止めた。

ちなみに彼女は、久しぶりの私服姿である。ベージュのシャツにデニムジーンズという女の子っぽさを感じさせないコーディネートが、とても未緒らしくて微笑ましい。

「綺麗だな、パンジー」と僕は声をかける。

「そうだね。ここっていつもお花は綺麗だよね。お客さんは全然いないけど」

まったくだと同意する。やっぱり似たような感慨を抱いているじゃないか。

幼なじみの感性がまだ壊れていないことに安堵しつつ、訊ねてみる。

「で？　わざわざロスタイム中に来たってことは、何かお目当てがあるんだろ？」

「うん、まあね。でもその前に――」

未緒は僕に向かって右腕を伸ばしてきて、握手を求めるように指を開いた。

「今日はデートなんだから、きちんとエスコートしてよ」

「え……？　あ、うん。わかりました」

不意打ちだったので、憎まれ口一つ出てこない。しかも鳥肌が立ったのがわかる。

よく見ると、彼女の頬もほんのり紅潮していた。それでも手を引っ込める気はないらしい。ならばその心意気に敬意を表するべきだ。

込み上げてくる複雑な感情を振りきって、決意とともに彼女の手をとった。

すると未緒は軽く握り返してきて、照れくささからか口を綻ばせる。

「じゃ、じゃあ行こうか。あっちから回ろう？　ほら早く」

お、おう、とちょっと声を上擦らせながら答え、手を引いて歩き出した。

どうしてこんなに緊張しているのだろうか。隣り合って歩くなんて普通のことなのに、体の一部が触れ合っているだけでどうしてこんなにも違うのか。

子供の頃には平気で手を繋いでいたはずだ。いまだけはその頃のメンタルを取り戻したい。せめて掌に汗をかくな、と自分に言い聞かせつつ足を進めていく。

「あ、そこそこ。そこの建物。……どう？　お客さんいる？」

「え？　ええと……。まあ多少はいるかな」

言われて前方に注意を向けると、何やら禍々《まがまが》しい建物がそびえ立っていた。

入り口の看板には、おどろおどろしい文字で『悪夢の廃病院』と書かれている。

「知らなかったでしょ。ドリームランドって、お化《ば》け屋敷《やしき》だけは毎回予算かけてるんだよ。入場客の大半もこれ目当てなんだから」

「間違ってるな、いろいろと……」

どうなってるんだ経営者の頭の中は。ここって昔はフードコートじゃなかったか。建物ごと改装してやることがお化け屋敷だなんて、理解に苦しむ。

「さ、入って入って。もちろん先導してね？」

「いいけどさぁ……」

手を繋いで喜んでいた自分が馬鹿みたいだ。最初からこれが目的だったのか。

「僕をビビらせて嘲笑《あざわら》うつもりなんだろ。まったく……」

「ううん、違うよ」

未緒はふるふると首を横に振る。

「そうなったら面白いけど、多分大丈夫だよ。時間停止中だからあんまり怖くないと思う。そのためにわざわざロスタイムに来たんだから」

「ん……？　そういやまだ聞いてなかったな。ロスタイムの活用法について」

「うん。あのさ、わたし結構ホラー映画とか好きなのね」

「知ってるよ。しかもスプラッターなやつだろ」

「そう、血湧き肉躍るやつが好きなんだよ」

表現の意味は間違っているが、特に突っ込まず「それで？」と話の先を促す。

「でもね、お化け屋敷って苦手なんだ。だって怖いっていうか、びっくりさせてくるじゃない。煙噴いたり急に動いたり、大きな音を出したりしてさ」

「ああ……言わんとすることはわかるな」

どれだけ凄惨な場面に遭遇しようとも、ホラー映画なら殺人鬼が画面から出てきて襲ってくることはない。だから落ち着いて見ていられるし、それが未緒は好きなのだ。心臓が口から飛び出そうなびっくりとは、多分感覚が違うのだろう。

「でね、ロスタイム中ならじっくり見られるじゃない。舞台の作り込みを細部まで」

「僕は別に見たくないけど……まあいいよ。中に入ろう」

いつまでも入り口で話していても仕方がない。時間は有限なのだ。早く入って早く出ようと思った。

それにお化け屋敷特有のギミックがないとすれば、恐怖感は五割くらい軽減されるのではないだろうか。ならばきっと耐えられるはず。

手を引いて入り口から建物に入っていくと、まず垂らされた暗幕をくぐり抜けた。

するとそこから先はまさしく廃病院。デザイナーのこだわりが端々から感じられる趣味の世界が広がっていた。

照明は薄暗く、しかも老朽化した蛍光灯を思わせる暗緑色の明かりだ。タイル材が敷かれた床にはどす黒い血痕が描かれていて、奥の手術室へとまっすぐ続いている。

「はあぁ……。いいね。凄くいい」

何やら恍惚とした声を上げ、きらきら目を輝かせる未緒。楽しそうで何よりだ。

進行方向に目を戻すと、同じように手を繋いだカップルの姿があった。それを追い越して手術室に入ると——控えめに言って、血の海だった。

全体的にぐちゃぐちゃで、どういうシチュエーションかは定かでないが、どうやら妊婦の腹を突き破って悪魔的な何かが誕生しようとしているようだ。

「ああ……緑の照明と相まって、内臓が目に優しいぃ……」

「おい、表現がおかしいぞ、さっきから」

握った手に力を込め、順路に従って廊下に出る。いつまでも眺めていたい光景ではなかったからだ。今夜夢に出てきそうだ。

「もう行っちゃうの？」

「既に悪寒がするんだが。病棟というより独房が並んでるようにしか……」

手枷《てかせ》や鎖で拘束された病院服の人々が、横並びのブースで各々苦悶《くもん》の表情を披露していた。舞台デザインだけでなくキャストの演技も一流かよ、おのれ経営者。

腕をノコギリで切り離されている者、腹をメスで縦一文字に裂かれている者、頭蓋を外され脳を剥き出しにされながら涙を流している者……。

そんな悲惨な患者たちを眺めて、未緒はきゃーきゃー言って喜んでいる。繋いだ僕の手をぶんぶん振りながら。心の底から嬉しそうに。

「見て見て！　あの千切れた腕の血管の作り込み凄くない⁉」

「うん。凄いね。凄く気持ち悪いね」

「あれ持って帰れないかな。一家に一台欲しいよ」

「自分の体の中に同じものがあるから、それで我慢してくれ」

「うわぁ、あっちはチェーンソーだよ。ミンチってるよ。うへへ」

「顔つきと笑い方がやばいから気を付けた方がいい。山賊みたいだぞ」

視界が余すところなくグロテスクに染まり、感情が失われつつある声でそう言った。

すると「何ですと⁉」と急に鋭敏な反応を見せて彼女は抗議してくる。

「女の子に向かって山賊とは何だ！　すぐに取り消してもらおうか！」

「是正の必要生は感じないな。我ながら適切な比喩だったと思うけど？」

「だって山賊って泳げなさそうじゃん！　わたしの沽券に関わるよ！」

「じゃあ海賊で」

「ならよし」

いいんだ……。

「丸く収まったところで次行ってみよう！　リハビリセンターだって！」

「この病院でリハビリは無理だろ……。生まれ直した方が早そうだ」

時折クレームを挟みながらも、その後も延々と僕らは『悪夢の廃病院』を巡回し続けた。出口に辿り着いたら順路を遡《さかのぼ》り、また入り口に戻ったりして。

本音を言えば外に出たかったが、未緒が終始はしゃいでいたため口に出せず、止め時を見失ってしまったのだ。まあ僕にしても意外と楽しんでしまった部分はあるが。

最初こそ血みどろの光景に嫌悪感を抱いたが、しばらくすると目が慣れてしまい、余裕も出てきた。なのでそれからは、喜ぶ彼女の横顔をこっそり眺めていた。

結局ロスタイムの有効な活用法とは、二人きりの時を大切に過ごすことなのだろう。

やがて音もなくタイムリミットが訪れると、いつもの喪失感とともに僕はゲート前に引き戻されていた。

胸にぽっかり穴が開いたような気分を抱え、受付で入場チケットを二枚購入する。何だかんだで楽しい時間を過ごせたので、お金はちゃんと払っておくべきだと思ったのだ。

未緒だってまだ近くにいるはずだ。別にロスタイム以外でも遊園地で遊ぶくらいは構わないだろう。きっと向こうもそう思ってくれるはず……。

まだ一緒にいたい。ずっと近くにいたい。そう心の中で繰り返しつつ、しばらく待ってみたのだが……そのまま三〇分が経過しても、彼女は姿を現さなかった。

代わりにポケットの中でスマホが鳴り、取り出してみるとこんなメッセージが届いていた。

『志乃のこと、ありがとう』

「……そうか。それを言うために誘ってくれたのか」

まったく不器用なことである。あの子猫の引取先は、一昨日決まったばかりだ。

スイミングスクールから坂を下りた場所にある、笠原《かさはら》さんという優しそうな老夫婦が住む家だ。だから受け渡しも即日終わった。未緒はそれを妹から聞いたのだろう。

「どういたしまして……っと」

それだけ返事を打ち込んで、入場チケットと一緒にスマホをしまい、僕は歩き出す。

近くにいても姿を現さないのは、彼女なりのけじめなのだろう。ならそれを汲み取ってやるのも僕の役目だという気がした。

一人で歩く帰路は少しだけ肌寒かったが、明日になればまた会えるじゃないかと思えば、取り立てて気にするほどでもなかった。

中間テストまであと一週間となった五月二〇日。寝坊したせいで朝食を食べ損ねた僕は、昼休みになるなり腹の虫をなだめながら食堂へ向かった。

ガラス張りで開放感のある食堂内では、カフェテリア方式というシステムを採用している。まずは入り口脇の自販機で固定額のプリペイドカードを購入し、オレンジ色のトレイを持って先へ進むと、LED照明に照らされた陳列棚が待ち構えている。

そこにはあらかじめ、惣菜《そうざい》やデザートの小鉢がずらりと並べられており、それらを自由にトレイに載せてもいいし、載せなくてもいい。

麺類や丼物など、温かいメニューはカウンターで別に注文することができ、最終的にはレジで小鉢とともにお会計することになる。支払いはプリペイドカードだ。

さてさて、本日のメニューはどうするかと思案して、このところ肉ばかり見ている気がしたのでホウレン草の白和《しらあ》えを一つトレイに載せた。が、よく考えたら肉を見たのは昨日の廃病院だった。食用ではないやつだ。

ちょっと食欲が失《う》せたが、一度取った小鉢を戻すのはマナーに反する。あとはさっぱりと麺類で済まそう。心を決めてカウンターの注文口に向かおうとしたところで、

「あっ――」

大盛りカツカレーをトレイに載せた未緒と、図らずも目が合ってしまった。

「……ど、どうも」

たちまち気まずい雰囲気が漂い出した。いや、昨日だって仲良く遊園地巡りしたのだから、普通に話せばよさそうなものだが、いまは通常時間だ。

ロスタイム外では互いに他人の振りをするのが、暗黙のルールである。だから慌てて進路を変更しようとしたのだが、

「あ、ちょっと待って」

と僕を呼び止めた未緒は、そのまま寄ってきて耳元に顔を近付けてくる。

「ごめん、少し話があって……。今日は一緒にお昼、食べてくれないかな」

「べ、別にいいけど、どうしたの急に」

「志乃のことで、お礼を言おうと思ったんだけど……気まずいから」

「気まずい？　何が」

そのお礼は昨日、既にメッセージで受け取っている。対面でもう一度言いたいだなんて、随分と念入りだな。何だか未緒らしくない。

不思議に思っていると、ちらちらと目配せをしているのに気が付いた。

彼女の視線の方向――ガラス戸の外のテラス席では、明らかに生徒ではない長身の

男性がテーブルに頬杖《ほおづえ》をついていた。結城コーチだ。

「……お願い。あとで来て」

ひそひそ声で未緒は言うと、トレイを抱えたままレジへと向かっていく。

事情は何となくわかった。彼女は結城コーチをランチに誘い、志乃の件のお礼を言うつもりなのだ。だが二人きりでは微妙な空気になるのではと危惧したのだろう。

困っている幼なじみを助けるのは僕の役目。だから注文したかけそばができあがるなり、レジで支払いを済ませてテラス席へ向かった。

失礼します、と一言断ってからテーブルの上にトレイを置くと、未緒ともコーチとある程度離れた中間位置に椅子を引き寄せて座る。

「なんだ、おまえも来たのか」

淡白な声でコーチは言い、手元の丼ぶりの縁に箸を下ろした。既に食べ終えているようだが、形跡から多分カツ丼だったのだろうと思う。

「では改めまして。お二人とも、今回のご助力ありがとうございました」

やたら硬い口調で未緒が言い、深く頭を下げた。

「礼なんていいって言ってるだろ。何もしてねえからな、俺は」

コーチは椅子を傾けて屋外側に向け、長い足を組む。

「いらないものを片付けてくれて助かったくらいだ。掃除したのもこいつらだし」

「それでもしばらく妹の面倒を見てくださいましたよね？　子猫の餌もたくさん買ってきてくださったと聞きました」

「たくさんじゃねえよ。たまに、少しだけな」

コーチは決して目を合わせようとしない。中庭で風に揺られる木々に視線を遣《や》ったまま、ただ気怠げに受け答えしているだけだ。

けれどどこの人、不器用なだけで、やっぱりいい人なのだなと僕は思う。

子猫を受け渡しに行く途中で志乃に聞いたが、餌は毎日買ってきてくれたそうだ。しかもちゃんと子猫用と記載されているもので、好みにも対応できるようバラエティ豊かなラインナップだったらしい。至れり尽くせりというやつである。

「……何をニヤニヤしてやがる」

コーチが振り向き、じとっとした目を僕に向けてきた。こちらを見ていなかったのに何でバレたのか。

「んで？　あの猫の受け渡し、終わったんだってな。相手は？」

「やっぱり気になります？」

少々意地悪な訊き方をすると、コーチは顔を顰めながら、「言いたくなきゃ言わなくていいぞ」と口にした。だがもちろん彼には知る権利がある。

「スイミングスクールのご近所ですよ。里親募集のビラを配りに行ったとき、すぐに快諾してくれました。笠原さんという、老夫婦お二人だけで住んでおられる家で」

「ああ、あの輪中《わじゅう》地帯の……。知ってるよ、昔からときどき世間話に付き合わされてるからな。奥さんの方が特に話好きでな……」

その光景が目に浮かぶようだ。どうせ断りきれなくて、小一時間お茶でもご馳走になりながら話し込んだりしているのだろう。このお人好《ひとよ》しめ。

「いつでも遊びに来てくれって仰《おつしや》ってましたよ」

「志乃も喜んでました。あそこなら帰り道に寄れるからって。毎日行くって」

僕と未緒が続けざまに言うと、コーチは片側だけ頰を吊り上げて笑う。

「そうか、ならいい。よろしく伝えといてくれ」

「伝えときますね」と未緒。「ねえ綾——桐原くん、わたしもトラジに会えるかな」

「え？　トラジ？」

「猫の名前だよ」何やら優越感を漂わせながらコーチは言う。「俺がつけたんだ」

名前までつけていたのか。もう溺愛していたと言っても過言ではない気がするが、

「いい名前ですね」と答えて未緒の方に視線を戻す。

「笠原さんはきっと喜ぶと思うよ。面識がないから一人じゃ行き辛いと思うけど、志乃ちゃんと行くか、何なら僕が一緒に行ってもいいし」

「そう……？　じゃあ、テストが終わったらお願いしてもいい？」

と、彼女はちょっと目を伏せながら頼み込んでくる。正直その反応は意外だった。さすがに断るだろうと思っていたのに。

「……ん？　なんだおまえら付き合ってんのか？」

遠慮も配慮もない口振りでコーチが割り入ってきた。

付き合ってません、と僕らが同時に首を横に振って返すと、彼はふんと鼻で笑う。

「どうでもいいけどよ、相葉先生にもお礼言いに行くんだろ？　そんとき、ちょっとでいいから俺の株上げといてくれよ。子供と猫に優しいって」

「それは事実ですから、まあいいですけど」

何かを誤魔化すように咳払《せきばら》いを挟んだ未緒は、そのあと急に冷淡な口調になった。

「正直に言って、脈はないと思います。わたしが見るに、相葉先生はお一人で完結されていますので」

「何？　俺の何が不満だってんだよ。……あれか、やっぱ所得か？」

「それ以前の問題です。コーチは身なりからだらしなさが滲み出ています。それを補ってくれるような、包容力のある方とお付き合いされた方がよろしいかと。相葉先生は優しそうに見えて、興味のないことにはとことん冷徹になれる人ですから」

彼女の口から恋愛観が語られるのが新鮮で、僕はつい聞き入ってしまう。

コーチはその後も何やかんやと自分の美点をあげていたが、正直間違っていると思った。彼のいいところは、誰にでも距離を置かないところだ。話してみると気さくで面白いことである。

そのおかげか最初は不安だった三人でのランチも、いつしか春の陽気のように穏やかなものになっている。こういうのも悪くない。

ぎくしゃくしていた未緒との関係も、改善されつつあるようだ。まさかロスタイム外で会う約束を、彼女の方から提案してくれるなんて……。それが僕には何よりも嬉しくて、胸の中がほっこりと温かくなっていくのを感じた。

午後の授業の間も楽しい気分は続いていた。そのせいで時間が経つのが早く感じられ、まるで飛ぶような勢いで放課後がやってきた。

やがてロスタイムになると、校門前で未緒を捕まえて図書室に向かうことにした。

今日こそはしっかり勉強するぞという意思表示のためである。

図書室のある管理棟は、赤茶けた煉瓦《れんが》造りのレトロな外観をした建物であり、吉備乃学院の敷地内で最も歴史のある施設だそうだ。ここから行くには、教職員室のある校舎に入って二階に上がり、渡り廊下を歩くコースが一番近い。

目的地を知るなりぶうぶう文句を言い始めた未緒には取り合わず、数歩先を歩いて入り口ドアを開け、どこか懐かしい匂いに包まれた空間に足を踏み入れる。

時間停止中とはいえ、ほぼ質量のない空気中の粒子は普段と同じように動く。何故かというと、呼吸をすれば瞬間的に口の周囲は真空状態になるはずだが、その隙間を埋めようとして即座に空気が流れ込んでくるからだろう。だから通常空間と変わらず僕らは活動できるのだ。

ただし他に動いている存在はいないため、自習中の生徒が散見される図書室内も、普段に輪をかけて静謐《せいひつ》である。これなら集中できそうだ。フロアの端の長机を目指して足を進めると、窓側に掌を向けて座るよう促した。

「うえぇ……。やっぱりするの？　勉強」

「当たり前だろ。中間テストまで日がないからな」

「でもそろそろパトロールもしないとさ。街は危険がいっぱいだよ？　外に出よう」

いいから座れ、と強めに言って持参した鞄から教科書を取り出す。それに続けて、和田先輩みたいに留年したらどうする、と告げるとようやく大人しくなった。

そんな彼女の様子を見て、やっぱりおかしいな、と僕は考える。

未緒は競泳に対して真剣だ。その道を邁進《まいしん》するためにあらゆる犠牲を払う覚悟を決めている。そして現代日本において、スポーツで身を立てることの難しさも彼女は知っているはずだ。彼女の父親も水泳選手だったからだ。

家計に負担をかけたくないという想いもあるだろう。志乃が猫を飼えないかと母親に訊ねながら、すぐに諦めたのも同じ事情からだ。

ならば勉強したくないなどという我が儘は通らない。未緒が夢を叶えるためには、レベルの高い吉備乃の授業についていくことは必須なのである。

なのにどうしてこんなに嫌がっているのか。ロスタイムは特別な時間だから特別なことがしたい、本当にそれだけだろうか。

きっかけは、そんな些細な違和感だった。理由を訊ねて未緒が何か言えば、それで納得していただろうほどに小さな不審点。だがそれでも何かがおかしいと感じる。

ちりも積もればというやつだ。遊園地からの帰り際に送られてきたメッセージも、このところの態度も、昼休みの言動も……。やはり未緒らしくない。

一度そこで胸一杯に空気を吸い込み、深く吐き出すと努めて冷静に訊ねる。

「──そんなに外へ出たいなら、トラジの家にでも行ってみようか」

「え？　うん。いいけど、トラジって誰だっけ」

いつもの軽い調子で彼女は答えた。疑念が確信に変わっていく。

「……知らないのか。子猫の名前だよ。志乃ちゃんが世話をしていた」

「あ、そうなんだ。志乃に聞いたの？」

「いいや違う」まっすぐに彼女の目を見つめながら言う。「聞いたのは未緒、おまえにだよ」

「え……」一瞬だけ彼女は硬直した。「そうだっけ？　ごめん。わたしうっかり」

「うっかり忘れるわけないだろ。今日の昼のことだ。つい四時間前だよ」

「そ、そっか。ちょっと上の空だったかも」

「なら昼食に何を食べたか言ってみろ。そのとき誰が近くにいたかも」

「ええと、ラーメンだっけかな。あはは、食堂のチャーシュー意外といけてるよね」

もはやしどろもどろである。視線もきょろきょろと宙を彷徨《さまよ》っていて、胸元に引っ込めた両手がちょんちょんと指を突き合わせていた。

見覚えのあるその仕草を見て嘆息しつつ、少々可哀想に思えてきた僕は、ひと思いに止《とど》めを刺してやることにした。

「――で、おまえは誰なんだ？」

「誰って……未緒だけど？　幼なじみの顔を忘れちゃったの？　冷たいなぁ」

「違う。そうじゃない。わかってるだろ」

厳粛な態度を心がけて否定を返す。

「未緒なのは知ってる。でもおまえは未緒であって未緒じゃない。本物の未緒なら、勉強を嫌がったりしないよ。ましてや時間の無駄だなんて絶対に言わない」

テーブルに諸手《もろて》をついて席から腰を浮かし、再び訊ねた。

「おまえは誰だ」

「未緒だって言ってるじゃん」

彼女はぷいっと顔を背けながら答える。

「本物の未緒なら言わないって……わたしが言ってんじゃん。勉強なんて面倒臭いし、しなくていいならしない。当たり前だよ」

「そうだな。ロスタイム中ならそれでいい。だけどやがて時間が動き出して、テスト一週間前に戻らなきゃならない未緒なら言わない。つまり――」

言いながら思考を整理していく。目の前の彼女は未緒であって未緒じゃない。それを事実として受け止めれば、その先の論理を構築するのは容易《たやす》い。

「目の前で時間が止まって、凄いなと感動して、そのせいでいままで気付かなかった。ロスタイムが現実世界の延長線上にあるって誤認してた。でも違う。違ってた」

強い衝動に胸を突き動かされながら、その先の言葉を紡いでいく。

「ここは、別の世界だ。現実世界とはまったくかけ離れた、別の物理法則が支配する異世界なんだ。僕は毎日そこへ呼び出されてるだけ。おまえもそうなんだろうけど、僕とは違う世界から来てるんだろう？　つまり、並行世界の未緒なんだ」

「……まあ、ある意味ではそうだけど」

何やら観念したように彼女は言いつつ、ふうと吐息を宙に放つ。

「異世界でも並行世界でもない。わたしが来た……いやわたしがいるのは、綾人くんよりちょっと先の未来だよ」

よくわからないことを言って、未緒は席を立った。

だが逃げ出すつもりはなさそうだ。意図はわからないが、彼女はまっすぐ頭上に腕を伸ばして、窓から差し込む西日に翳《かざ》すようにした。さらにシャツの袖口を少し引き下ろすと、引き締まった白い素肌が太陽光を受けて輝く。

「ねえわからない？　わたしの手。掌越しに太陽を見てみてよ。ほら」

「掌越しに……？」

不審に思いながらも言われた通りにしてみる。

すると数秒後、はっと息を呑んだ。

何故かと言うと、彼女の掌の向こうに、太陽がぼんやり透けて見えたからだ。

「何だ……？　光が透過して……」

「ね、面白いでしょ。透明感のある肌ってこんな感じなのかな」

「冗談言ってる場合じゃないだろ。そんなの明らかに異常──」

「そうだよ。もう普通じゃないんだよ、わたし」

目尻を下げつつ、彼女は何故かにこりと笑う。

それから徐々に表情が変化していく。眩しい光の中で何かを悟ったような顔つきになり、笑い方も儚げなものになり……。どこか神聖さを感じるようなその光景に何も言えなくなっていると、やがて彼女は再び口を開いた。

「──見ての通り、幽霊なの」


ロスタイムには音がない。僕らの他に動いているものが存在しないからだ。

風の音もしなければ虫も鳴かない。だというのにいま、頭の中にはきぃーんという謎の耳鳴りが響いていた。

少し先の未来から来た？　なのに幽霊？　何を言っているんだ一体。

「……説明してくれ。どういうことなのか、順序立てて」

「んー、全部は無理だけどね。ある程度ならいいかな」

未緒は袖を戻しつつ、ふっと息を漏らす。

「もうわかったと思うけど、わたしは既に死んでるの。ちょっとした事故……みたいなものに巻き込まれてね。綾人くんにとっては少し先の未来に」

「何でぼやかすんだ。はっきり言ってくれ」

突然すぎて理解が追いついていないが、いまはとにかく正確な情報を集めなければ。

思わず前のめりになって、まじまじと彼女を見る。髪の毛はいつもと同じく、顎先まで届かない長さだ。姿形は昼間に見た未緒とまったく変わらないように見える。

となると、少し先の未来とはほんの数ヶ月先——下手をすれば数日先ということもあり得るではないか。全身に冷や汗を噴き出しつつも続けて問い糾《ただ》そうとする。

「いつ、何があってそんなことになるんだ」

「だからね、それを言うとこうなっちゃうんだってば。体が透明になって、そのうち完全に消えて、ロスタイムも二度と発生しなくなるよ？　それでもいいの？」

「ど、どうしてだよ」

「ちゃんと説明するからとりあえず落ち着いて？　一旦席についてよ」

まあまあ、と僕をなだめながら、椅子に腰を下ろすよう勧めてくる。

不本意だが、説明すると言うなら従うより他はない。胸に手を置いて動悸《どうき》をおさえつつ座ったところで、彼女は穏やかな口調で切り出してきた。

「まずね、さっき綾人くんはわたしが別の世界から来たと言ったけど、それって逆なんだよ。綾人くんの方がこっちに来てるの。わたしからすれば」

「僕の方が……？」

「そう。つまりロスタイムってのはね、死後の世界のことなの」

彼女が断言した瞬間、背筋にひやりとしたものが走り、たまらず身を震わせた。

だが言葉を失った僕をよそに、未緒は流暢《りゅうちょう》に続ける。

「事故に巻き込まれてわたしは意識を失い、病院に運び込まれてしばらく経ってから死んだんだと思う。その時刻が午後四時一五分。……だから自分の死亡時刻に留まり続けてるってわけ。未練があってね」

未練……と僕が呟くと、彼女は再び柔らかく微笑んだ。

「お母さんや志乃のこと。もちろん綾人くんのこともね。自分が死んだのはわかってたんだけど、すごく気になってね。みんながどうしてるか見たいってずっと願ってたら、多分神様が聞き届けてくれたんだと思う。気が付いたら、この時が止まった世界の中で一人立ってた。街角に」

「……その神様っていうのは、前に言ってた篠宮先輩？」

「ううん、違うよ。篠宮先輩は普通の人間で、ロスタイムの先輩ってだけ。ルールを教えてくれて、この世界が何なのかってことについて持論を聞かせてくれたの。難しくて全然記憶に残らなかったけど……でもわたしは嬉しかった」

「嬉しいって、何がだよ。死んじゃったんだろ」

「けど願いは叶ったからね。わたしが死んだあと、みんながどうしてるか知ることはできた。テレビ画面にニュースが映っててね、結構大きな事故だったんだけど犠牲者はわたし一人だったらしくて……ほんと運がないなって。みんなそれ見て笑ってくれてるといいなって思って、止まった時の中を歩いてみた。……でも、泣いてた」

そう言う未緒の声も上擦っており、瞳も潤み始めている。

全部本当のことなのだ。にわかには信じられない気持ちでいたが、全て事実なのだ。

「死後の世界って、言ったよな」

掌を強く握りしめつつ、僕は訊ねる。

「ならどうして僕が関われているんだ。この世界に僕が呼ばれたのは何故なんだ」

「呼ばれたわけじゃないよ。多分、何かのきっかけで世界のはしっこが重なっただけ。ラジオのチャンネルがたまたま合った感じかな。偶然波長が合ったんだよ。……っていうかね、わたしは最初、綾人くんのこと幻か何かだと思ったよ。止まった世界の中で、孤独に耐えられないわたしが生み出した、自分に都合のいい何か」

「違う。僕はちゃんとここにいる」

「わかってる。わかってるつもりだよ。まあ、未だに御粗末《おそまつ》なわたしの脳が作り出した存在だという論も否定できないけど。でもそれにしては思い通りにいかないからね。いまのこの状況みたいに」

「余計な感想はいい。時間がないかもしれない。話を先に進めてくれ」

そうだね、と未緒は落ち着いた口調で答える。

「いま、こうして向かい合って話しているように見えて、実はわたしたちはまだ別々の世界にいるんだよ。その証拠がさっき見せたやつ。綾人くんにはわたしの掌が透けて見えただろうけど、わたしにとっては綾人くんの方が透けてきてるの」

「……じゃあ見ているものが違ってたってことか？　僕ら二人、それぞれに」

「そういうこと。さすがに理解が早いね。わたしは自分が死んだ日の午後四時一五分に留まってる。だから世界もその時間で止まってる。だけど綾人くんにとって今日は何日？　五月二〇日だっけ？」

言われてみれば、いろいろと納得だ。ロスタイムで未緒に初めて会ったとき、彼女は考え事をしながら歩き回り、人にぶつかりそうになっていた。けれど実はそのとき、未緒の目には通行人など映っていなかったのだろう。彼女の世界では、その位置に人は存在しないからだ。

別の時間軸に留まっている彼女は、同じ街の中にいながらも僕とは違う風景を見ていたに違いない。思えば、どこかへ行くときにはいつも僕に先導を任せていた。スイミングスクールに忍び込んだときも、遊園地に行ったときもだ。勝ち気な性格の彼女らしくないと、もっと不自然に思っても良かったはずなのに……。

「――でね、初めてロスタイムで綾人くんに会ったとき、すんごくびっくりしたけど、しばらくして思い出したんだ。実は前もって篠宮先輩に言われてたの。止まった世界の中でもう一人、自分の他に動ける人に出会ったら、その人はわたしを助けられる人なんだって……。それまでは本気にしてなかったけどね」

「それって……」僕じゃないか。「だったら僕には未緒を助けられるってことだよな。

未緒が死なずに済むよう、運命を変えられるってことだ」

　希望が脳裏で明滅するのを感じたが、

「でも過去は、変わらないの」

　未緒は一際低い声で言って、俯いた頰に暗鬱の影を覗かせた。

「綾人くんにとっては未来でも、わたしにとっては違う。だってもう死んじゃってるんだもん。だから死んだ瞬間のさ、意識が消え去るまでのその刹那に、記憶の中で遊んでるだけなんだよ。これはただの長い夢だって、何度も自分に言い聞かせたよ」

「でも僕にとっては違う。変えられるんだ」

「かもしれない。けど何でわたしがそれに協力しなくちゃいけないの？」

「……いや、何でって」

　そうか、と気付く。並行世界だ。未緒を助けて歴史を変えたとしても、既に死んでしまっている未来の彼女は救えない。別の世界の話として完結する。

「綾人くんが頑張ってわたしを助けてくれても、いまのわたしが死んだという結果は変わらない。だったらいいじゃない、ロスタイムの間くらい楽しんでもさ」

「だけどそんなことをしてたら手遅れに――」

「もちろん直前には言うよ？　ちゃんと全てを明かして綾人くんに委ねる。けどギリギリまで言わない。だって過去を変えると少しずつ世界がズレていくから。……ねえ気付いてた？　わたしの手、最初から透明だったわけじゃないよ」

「最初からじゃない……？　ならどうして」

「だって綾人くん、部活続けてるでしょ」

　いささか唐突な発言だと思った。何の脈絡もないタイミングでそう問い掛けてきたので、不思議に感じつつ「当たり前だろ」と返すと、

「当たり前じゃないんだよ。だってわたしの知る限り、綾人くんは四月中には水泳部、辞めてたはずだから」

　続けて彼女が言ったその一言に、しばし呆然《ぼうぜん》となる。

　そうか。既に過去は変わってしまっているのだ。だから微妙なバランスで重なり合っていた世界にズレが生じている。それが透明化に繋がったのだ。

「なら、過去が大きく変われば、このロスタイムは」

「そう。そういうこと」

　我が意を得たりという顔になって、彼女はうなずく。

「過去を変えると、わたしたちは互いに透明になっていく。そしてやがては消えちゃうんだと思う。でもそれも当然だよね？　わたしが死なない未来になっちゃったら、

ここにいるわたしは何なのかって話になるもん。辻褄《つじつま》が合わない」

「未来を変えれば、もうロスタイムでは会えなくなるのか」

「だから気を付けてるってわけ。未来の改変に繋がるような決定的な情報を漏らせば、多分口にした瞬間にロスタイムは終わる。そして二度と発生しなくなる」

「でも危険が近付いてるんだろ？　だったら……」

それでも食い下がろうとする僕をよそに、未緒の表情がやけにすっきりしたような、清々《すがすが》しいものに変わっていく。

「……実はね、初めはわたしもそのつもりだったの。過去を変えられるならサクッと変えればいいと思った。でも惜しくなっちゃったの。綾人くんにまた会えて、一緒にいられてすごく嬉しかった。嬉しすぎて駄目になっちゃった」

そう言って見せた彼女の笑顔は、いまにも陽の光の中に消え入りそうなほど儚くて、不謹慎かもしれないがとても綺麗だった。どこまでも透き通って見えた。

「この時間はやっぱり、わたしにとっては人生のロスタイムでさ。後悔を残して死んだわたしに、神様がくれたおまけの時間なんだと思う。だから最後の一秒まで君と過ごしたい。仲良く笑っていたいんだよ。……ダメ？」

「……本当に、ギリギリで間に合うんだな？」

「うん。だからそのときはわたしを助けてあげて。……ちょっといまは可愛げなくて、ツンツンしてるかもしれないけど。根は優しい子なんで」

「自分で言うかよ、それ」

呆れたようにそう言うと、あははと未緒は声を上げて笑う。

「ごめんね、いつも迷惑をかけてばかりで……。でもこれで最後だから」

「最後じゃないだろ。ちゃんと助けるんだから。これからも迷惑をかけられてやる」

「いまのわたしは消えちゃうけどね。……ああそうそう。ちょっとだけ先にヒントを出すけど、篠宮先輩が言っていたの。相葉先生を頼れば何とかしてくれるって」

「相葉先生を？　なら知り合いなのか」

「わかんないけど、神様的なセンスでわかるんじゃないかな、多分」

などと適当なことを言う未緒に、呆れつつ安堵の息を漏らす。

未来の未緒も同じだ。幽霊になっても変わらない。明るくて芯が強くて、人を思いやることができる素敵な女の子だ。

彼女の言葉が全て真実ならば、その心中は穏やかなものであるはずがない。もしも僕が同じ立場だったら、こんなふうに和やかに話せはしないだろう。

「……わたしのこと、憐《あわ》れに思ってる？」

彼女がこちらの考えを見透かすように言った。

なんと答えていいかわからず、こくりとうなずいてみせると、

「なら勉強なんて、止め止め」

と言ってさっさと教科書を閉じてしまう。

「わたしのことを可哀想だと思ってくれるなら、一秒でも長く一緒にいて。もうすぐやってくる運命の日まで、わたしの傍で笑っていてよ」

目を伏せたまま、彼女は歩み寄ってきて両腕を伸ばし、机の上で握りしめていた僕の右手を包み込むようにする。

だから無言で彼女の手を握り返した。すると徐々に目頭が熱くなってくる。

未来を変えたとしても消えてしまう、そんな彼女のためにできることは……。

「わかった。最後の一秒まで一緒にいる。これからは楽しい思い出だけ作ろう」

「ふふっ、お願いね？　喧嘩なんか、二度と御免だよ？」

「それはそっちの態度にもよるだろうけど」

「わたしは大丈夫。だって死んだ後までずっと後悔してたんだから。そのせいでこうして会えたんだから……」

「そっか」

黒目がちな未緒の瞳から、一筋の滴がこぼれ落ちる。

入学式の日に僕らは決別し、距離を置くようになった。そしてそのまま最後の日を迎えてしまったのが、恐らくはいま目の前にいるこの未緒なのだ。あのまま一言も喋ることなく、水泳部もロスタイムがなければそうなっていたのだ。早々に辞め、互いがどこで何をしているか知らぬままに長い時間を過ごしたに違いない。

ならば、僕は彼女に心からの感謝を捧げよう。この恩に報いることはできないかもしれないが、これから先は全力で望みに応えようと思う。

彼女を楽しませ、喜ばせ、やがて訪れるという最後の時にも、きっと笑顔で別れられるようにしようと思った。そうありたいと強く願った。

やがてロスタイムが終わり、いつものロードワークの中間地点に戻ったが、胸に宿った熱い想いはそのままの温度を保持していた。

ともあれ、明日になればまた未緒に会える。彼女の要望通りパトロールに行こう。自転車に二人乗りをして、トラジの住むあの老夫婦の家に。

いや、頑張れば海まで行けるかもしれないな。凍結した海の上を二人で歩いてみるのもなかなかロマンチックではないか。

部活を終えて家に帰ったら、一度やりたいことのリストをノートにまとめてみよう。そんな素敵な計画を頭に思い浮かべつつ、眼下の坂をまっすぐに駆け下りていった。

――だけど、翌日になってから思い出した。いつも僕は間が悪いのだと。そういう運命を背負った人間なのだと。

理由も原因もまったくわからない。なのにそれからぱったりと、何の前触れもなくロスタイムは起きなくなってしまったのだ。

特別な午後四時一五分は、ただの午後四時一五分に戻った。

時計の針は当然の権利がごとく、二度とその動きを止めることはなかった。

第四話　消えゆく君と、いつか繋がる世界で

本当に大切なものの価値は、失って初めて知るのだという。

そんな格言を思い出すのもこれで二度目だ。己の学習能力のなさにもはや笑いしか込み上げてこないが、やはり今回も失ってから気付いた。あのロスタイムという現象に、どれだけ救われていたのかということに。

いまならわかる。あれは紛れもなく奇跡の時間だった。なのに、いつしか考察することを止め、都合のいい事実だけを享受して、それがどんな犠牲の元に生み出されたものなのか想像すらしようともせず、どこか夢うつつの気分で受け止めていた。

だから唐突にロスタイムが失われたあと、僕はただただ焦ったのである。

たちまち情緒不安定になり、いてもたってもいられなくて、授業中も教師の言葉が一切耳に入らなかった。そして放課後になると腕時計を見ながら街の中を彷徨い歩いた。どこにもあるはずのない彼女の面影を探して。

そんな精神状態のまま中間テストに臨んだものだから、当然ながら惨憺《さんたん》たる結果に終わった。どの教科も平均点に届くか届かないかくらいだった。

冷静に事実を整理して考えてみると、ロスタイムの終焉《しゅうえん》は悪いことではないのかもしれない。あの図書室での打ち明け話を経て過去が変わり、未緒の死に繋がる何らかの要因が排除された。だからロスタイムが起きなくなった可能性はある。

ただ、保証してくれるものは何もない。未来の未緒とのコンタクトの機会が失われ、変わらず運命が悲劇に向かって突き進んでいても、それを知る術《すべ》がない。だから僕の不安はいささかも拭われることなく――

「――桐原ァ！　何ふらふらしてんだ！　まっすぐ泳げ！」

「はい、すみません……」

コースの後ろから怒鳴られたので、咄嗟に謝罪した。相手は和田だ。

テストの翌日に屋外プールの清掃が行われ、さらに次の日には水泳部のプール開きが行われたのである。だから重苦しい気分を抱えたまま、僕はいま泳いでいる。

人数が多いため一つのコース内で二列になって泳ぐ必要がある。だから往復の際には肩がぶつかる距離で擦れ違うし、遅いと後ろから怒られるわけだ。早く行けと。

しかし本当に早いな和田。さすがは特待生。正直まるで敵《かな》わない。

プールの反対側に辿り着くと、一度水から上がることにした。この調子では練習の邪魔になるだろうし、やや具合も悪くなってきていた。

「バテてんじゃねえぞ！」と磯谷が背中に声をぶつけてくる。「一分で戻れよ！」

はーいと返事をして、更衣室の方へ向けて歩き出す。

忘れかけていたが、水泳部の練習は過酷だ。長時間の練習では、自分の泳ぎに酔って吐くこともしばしばある。

水の中でも汗はかくし、だからといって水分補給にプールの水を飲むわけにはいかない。タオルで体を拭ってドリンクでも飲もう。そう思いつつ金網フェンスの傍を歩いていると、日傘を差して練習を見守っていた相葉先生と目が合った。

「大丈夫？　相葉くん、顔色悪いよ。今日はもう休んだ方がいいんじゃない？」

「いえ、それは大丈夫なんですが……」

顔を逸らしながら考える。図書室の一件で未来が変わったと仮定すれば、あのとき未緒がヒントを出しすぎた可能性がある。何か核心に触れる発言をしたせいで、彼女の思惑から外れる形でロスタイムが終わってしまったのではないか。

時間をかけて入念に精査した結果、『相葉先生を頼れ』という言葉が問題だったのではと当たりをつけていた。そしていつか本人に確認しなければと思っていたのだ。

しかしいざとなると決心が鈍る。何と言って切り出せばいいのだろう。知り合いに神様はいますか、なんて聞いたら怪しげな宗教の勧誘と思われて終わりだ。距離を置かれてしまうに違いない。だったらもう、あの名前を出してみるしかないが……。

「どうしたの？　やっぱり体調悪いのね？」

口を噤んでいたせいか、先生は心配そうに歩み寄ってきて、顔を覗き込んでくる。

「あ、あの……つかぬことをお伺《うかが》いしますが」

そんな前置きをして迷いを振りきり、勇気を振り絞って言った。

「もしかして、篠宮さんという方をご存じではないですか」

「え？　篠宮……？」先生は首を傾げる。「水泳部の部員ってこと？　ごめんなさい、私が顧問になったのって去年だから、いまいる部員の名前しか知らなくて」

「いえ、多分水泳部じゃないです。先輩なのは間違いないですけど、いつ頃在籍していた生徒かはちょっと」

「卒業生かもしれないの？　だとしたら……」

と、急に先生が声の調子を変え、見たことがないほどの鋭い視線を向けてきた。

「どういう知り合いなの？　何で篠宮さんを探しているの」

「ええと、それはちょっと説明し辛いんですが」

逆に訊ね返されるとは思わなかった。どう説明したものかと思案していると、

「ここでは言えないことなの？　そうなのね」

先生は先回りするように言い、徐々に表情を曇らせる。

この反応、まさか本当に知り合いなのか……？　戸惑っているうちにも彼女の面持ちは沈痛なものになっていき、数秒ほど逡巡《しゅんじゅん》するようにしてから口を開く。

「……明日は土曜日よね。お昼前くらいにうちに来てくれる？　そこで落ち着いて話をしましょう。私の方も事情通を呼んでおくから」

「事情通、ですか？」

訊ねると、「そう」と相葉先生は答える。それからすぐに、

「今日は職員会議があるからもう行くわ。だから続きは明日ね？　うちの住所は水泳部の名簿に書いてあるから。それじゃ」

やや早口で言って日傘を下ろし、手早く畳むと先生は更衣室の方に歩いていく。

凛々《りり》しく伸びたその背筋を見ながら、プールサイドに取り残された僕は、知らぬ間に拳を握りしめていた。未だ何もわからないながらも、運命変転に向けて一歩前進したような不思議な感覚が、胸の奥に湧き上がってきたからだ。

ただ、背後からは、大きな水音が抗議のように聞こえてきていた。

振り向いてみると、美人教師にいいところを見せようとしていた男子部員たちは揃ってプールから上がり、早くも帰り支度を始めていた。


「――はーい」

がちゃりと玄関のドアを開けて出てきたのは、黒いスエットの上下に身を包んだ、髪に寝癖をつけたままの女性である。

変わり果てた姿ではあるが、相葉先生だ。いつも教壇に堂々と立っては淀《よど》みのない弁舌を響かせ、男子のみならず全校生徒の憧れの的と言っても過言でない人物が……。あまりにラフすぎて目の錯覚を疑ってしまう。あの相葉先生と目の前のこの人は、果たして同一人物なのか。そんな想いから言葉を失って立ち尽くしていると、

「寝起きでごめんねー。昨日飲み会で、結構遅くまで飲んでたから……。でもただの付き合いだよ？　あたしは嫌々だったんだからね？」

と、やたら親しみを感じる言葉遣いをしつつ、相葉先生と思《おぼ》しきその女性は家の中へどうぞとスリッパを用意してくれた。

本当に双子の姉妹かなんかじゃないだろうな。そんな嫌疑はまだ晴れなかったが、手招きされるままにリビングまで行ってソファーに腰をかけると、すぐに麦茶の入ったグラスが運ばれてきた。

「どうしたの、桐原くん。何か緊張してる？」

「い、いえ……相葉先生がその、学校で見る姿とあまりに違うので」

「そう？　いつもこんな感じだけど。今日は休日だから、まあ堅苦しいのはなしよ」

と言って、グイッと麦茶を呷ると、白い喉をごくごく動かした。

「ぷはぁっ！　うまい！　やっぱ日本酒とか向いてないわ。ワインくらいよね、お酒の中で美味しいのって」

同意を求められても、酒なんて飲んだことがないので答えようがない。そうですか、とそれだけ返すと、先生はテーブル横の座布団に腰を下ろし、「まあ桐原くんもお茶飲んでくつろぎなよ」と言ってくる。

とはいえ、やはり美人と二人きりのこの状況では緊張してしまう。

「うちの場所、すぐにわかった？」

「はい。スマホで調べましたので」

「そっか。最近は便利よね。住所がわかってれば道案内までして貰えるんだもんね」

などと当たり障りのない会話をしながらも、なかなか視線を合わせられず、周囲に目を泳がせてしまった。

やけに整然とした居間だ。いっそ生活感を感じないほど綺麗に掃除されているようで、一畳ほどの大きさの液晶テレビも、その前に設置されたガラス製テーブルも入念に磨かれていて曇り一つない。フローリングの床も鏡のようにぴかぴかだ。ここまでくると几帳面《きちょうめん》というより執念めいたものを感じる。

「ごめんね。時間はきっちりしてるやつだから、もうすぐ来ると思うんだけど」

「誰か来られるんですか？　……ああ、そういえば事情通を呼んでおくとか」

そうそう、と彼女が言うや否や、タイミングを見計らっていたかのようにチャイムが鳴った。

「来たみたいね。ちょっと待ってて」

腰を上げるなり、小走りでどたどたと廊下を進んでいく先生。その背中はすぐに見えなくなったが、来客を迎え入れる朗らかな声は響いて伝わってきた。

「なによあんた。チャイムなんて鳴らさずに、鍵開けて入ってくればいいじゃない」

「見りゃわかるだろ。買い物袋で両手が塞がってるんだよ。姉さんがいろいろ買ってこいって言うから」

「ハァ？ そんなの当たり前でしょうが。大体、休みの度に帰ってくるのが普通じゃないの？ どんだけ顔見せなかったと思ってるの。たまには姉孝行しなさいよ」

「うちの医学部の留年率を知らないからそんなこと言えるんだよ。三割だよ、三割。三人に一人は留年して、あの高い学費をおかわりされてるんだ。土日といえど――」

「どうせお見舞いには行くんでしょ？ なら家に顔出すのが筋でしょうが！」

「前に帰ったときは寝てただろ！ それを棚に上げてさぁ！」

次第に言い争うような声になりながら、だんだんこちらに近付いてくる。相葉先生が迎えた相手は男性のようだが、会話の内容からして家族らしい。

ともあれ失礼があってはならない。背筋を正しながら待っていると、買い物袋を抱えた黒縁眼鏡の青年がリビングに姿を現した。

「……あ、どうも。君が桐原くんかな？ 僕は相葉孝司《こうじ》です。よろしく」

「あ、はい。よろしくお願いします」

慌ててソファーから腰を上げて頭を下げる。どうやら先生の弟さんのようだ。

体形は痩せ型で、少々なで肩気味だが物腰が柔らかく、きっと優しい人なのだろうなと直感する。目鼻立ちは相葉先生に似てくっきりとしており、理知的で実直な人柄を思わせるが、ちょっと神経質なところもありそうではある。

「いいのいいの、挨拶なんて」

彼の後ろについて戻ってきた先生は、手を軽く振りながら言う。

「別にそいつには敬語も使わなくていいから。こう見えて酷いやつなんだよ？　いま大学生なんだけど、うちからでも通える距離なのに、無理言って独り暮らしなんかしちゃってさ。あたしのことを放置してんの。どう思う？」

「いや、うちから通うって、片道二時間くらいかかるんだけど……」

文句を言いながら彼——孝司さんは、食材が大量に詰め込まれたビニール袋を抱えてカウンターテーブルの向こう側へと進んでいく。どうやらあの辺りはシステムキッチンになっているらしく、業務用かと思えるほど大きな冷蔵庫が存在を主張していた。

「早速なんか作ってよ孝司」と先生はさらに声をかける。「あたしお腹《なか》すいちゃった。桐原くんもお昼まででしょ？　食べてくよね？」

「え……。でも悪いですよ、休みの日にそんなに長居するのは……」

「いいのいいの。ねえ孝司、三人分ね」

「はいはい、わかってるよ」

てきぱきとした手つきで冷蔵庫に食材をしまいながら、孝司さんは軽く承諾する。

すっかり僕を置き去りにして話が進んでいるようだが、ここまでの流れからして、昨日先生が口にしていた事情通とは、孝司さんのことなのだろうと推察する。

「あのう……。孝司さんは、篠宮さんという方とお知り合いなんですか？」

「ん？　まあ、そうだね」

何やらはっきりしない返事をする彼。とりあえずいまはキッチンに残されていた洗い物を処理することに専念しているらしい。

「桐原くんはどこで篠宮さんと知り合ったの？」

蛇口から流れる水の音に混じって、そんな簡潔な質問が飛んできた。

どういうふうに切り出そうかと少し悩んだが、ここまできて下手な誤魔化しをすることに意味はないだろう。頭がおかしいやつだと思われるかもしれないが、そのときはそのときだ。直球勝負でいこうと、覚悟を決めて僕は答える。

「実際に会ったのは僕じゃありません。僕の友人が出会ったそうなんです。……ええと、ロスタイムと呼ばれる、時間停止世界の中で」

「……そうか。なるほどね」

きゅっ、と高い音を立てて水を止めつつ、孝司さんは呟く。

「桐原くんもわかってると思うけど、時間停止世界なんて言われても普通は信じられないよね。だから君も実際に経験したんじゃないのかな、ロスタイムを」

「そうです」と、はっきり答える。「ならもしかして、孝司さんもそうなんですか。目の前で時間が止まったことがあるんですか」

「はは、まあね。もうずっと前のことだけど」

カウンターの向こう側で微笑を浮かべつつ、彼はこくりとうなずく。

「試すようなことを言ってごめんね。篠宮さんっていうのは、僕がロスタイムの中で出会った知り合いの名前なんだ。いや知り合いというか友人……いや、友人以上恋人未満な関係の人で、僕がこの世で一番大切に思ってる人かな」

それ普通に恋人以上なのでは……？　と思ったが、余計なことは言わない。

思い出し笑いをするように緩められた孝司さんの目元が、何だかとても幸せそうで、かつあまりに切なげに見えたからだ。

彼も何か、途方もないものを抱えているのかもしれない。そう考えて言葉を選びながら訊ねていく。

「僕は篠宮さんと会ったことはありませんが、一つ助言をいただきました。何か困ったことがあれば、相葉先生を頼るようにと。ですから、教えていただきたいんです。もう一度ロスタイムを起こすにはどうすればいいかを」

「てことは、もう起きなくなったわけだ。桐原くんの身には」

「はい」と僕が肯定すると、彼はタオルで手を拭きながら自嘲めいた笑みを浮かべる。

「そっか。残念だね。でもちょっと恥ずかしいな、ロスタイムって連呼されると」

「え？　どうしてですか？」

いまの話の流れで、どこか恥ずかしいところなどあっただろうか。確かに少々熱くなるあまり、声のボリュームを絞り忘れたかもしれないが……。

当惑していると「実はね」と彼は呟き、続けて驚くべき事実を口にしたのである。

「あの現象にロスタイムって名前をつけたの、実は僕なんだよ――」


やがて孝司さんが本格的に昼食の調理に取りかかると、僕はキッチンに併設されたカウンターテーブルにうつり、これまでの事情を説明し始めた。

入学式の日に未緒に告白したことだけは除いて、今日この日に至るまでの全てをだ。きっちり時系列順に細大漏らさずエピソードを語って聞かせていく。

構図的に、何だか一方的に話しかける格好になってしまったが、孝司さんも隣の席に座った相葉先生も、頻繁に相槌《あいづち》を打って話の先を促してくれた。適当に聞き流している様子ではない。

そうこうしているうちに料理が完成し、リビングのガラステーブルに三人分の料理が並べられると、その壮観ぶりに舌を巻いた。

予想よりはるかに手間がかけられた洋食のメニューである。目の前でほかほか湯気を立てているのは、大きな海老《えび》フライだ。添えられたマッシュポテトも手製であるし、飴色になったタマネギのグラッセも艶があって照り輝《かがや》いて見える。

サラダには特製ドレッシングがかけられており食べやすく、口直しの人参《にんじん》とトマトのポタージュも甘くて美味しい。だがその調理工程の複雑さからしても、家庭料理の域を完全に超えている気がする。孝司さんは医師志望らしいが、正直料理人の方が向いているのではと思えてならなかった。

「あんた、また腕を上げたんじゃない？」と相葉先生は上機嫌だ。「ねえワイン開けていい？　いいよね？」

「どうぞ。休日の過ごし方に物申したりはしないよ。姉さんと違ってね」

やった、と先生は弾むような声を上げ、皮肉を言われたことにも気付かずボトルとグラスを取ってすぐに戻ってきた。そのまま鼻唄混じりに栓を抜こうとする。

「じゃあ本題にうつろう」

孝司さんはそこで空気を引きしめるように言った。

「急にロスタイムが起きなくなった理由は、過去を変えたからかもしれないと、桐原くんはそう思っているんだよね」

はい、とうなずくと、彼は口元に拳を当ててうーんと唸る。

「僕の知る時間停止現象とは少し違うね。過去と未来が重なり合ってた……か。まああれって一種の並行世界だから、あり得なくはないけれど」

「孝司さんのときは、ただ時間が止まっただけだったんですか?」

「そうだよ。僕も篠宮さんも、確かに同じ時間軸にいた。でも桐原くんの場合は別の時間軸の未緒さんと会っていた。しかも互いに別の景色を見ていたわけだよね」

さらに考え込むように視線を天井に向けると、数秒後に戻ってきて言葉を続ける。

「別のものが見えていた理由は何となくわかるね。結局のところ、僕らの視界に映る世界っていうのは、自然界が発する様々な情報を肉体のセンサーが感じ取り、それを元に脳が構成し直したものだ。そもそも個々人によって見ているものは違う」

「理屈はわかりますけど……。だったら僕と未緒とで、受け取っていた情報が違っていたということになりますよね」

「恐らくそうなんだろう。君たちは、それぞれの時間軸に準拠した世界の情報を得ていた。そして脳が勝手に視界を構成していた。だから見えているものが違っていた」

「そんなことって、実際にあり得るんでしょうか」

「ないとは言えない。たとえばさ、僕らの目は紫外線を認識できないけど、生物の中には見えているものもいる。モンシロチョウの羽の色は白だけれど、彼らにとっては違うんだ。雌は雄の羽に複雑な色模様を見ていて、生殖行動の目印にする」

「でも、それとこれとは同じ話ではないというか……」

　理屈はわかるが、感覚が理解を拒んでいた。見えているものが違うというのは別にいい。しかし異なる時間軸にいた者同士が、ロスタイムの中でならコンタクトをとることができたのだ。それはもはや視覚だけの問題ではない。

　いまいち共感できないのは、孝司さんとの間に認識の隔たりがあるからだろう。

「……あの、ロスタイムって結局何なんですか？　ようするに過去と未来が混ざり合っているわけですよね、あの空間の中だけ」

「それを説明するのは難しいね。僕の持論を語るのはいいけど、正しいとは限らない。だって僕のロスタイムも既に終わっているから」

「推論でもいいです。教えていただけませんか」

　わかった、と穏やかに了承すると、孝司さんはテーブル上の食器を手早く端に寄せ、テレビ台の引き出しの中からボールペンを取り出した。

するとそれまで黙ってワインを堪能《たんのう》していた先生が、どこから取り出したのか白地のチラシを差し出してくる。

「図に書くのも限界があるけど」

孝司さんはそう前置きをし、チラシの裏にペンを滑らせていく。

まず十字に線を書いて、縦軸の先に時間、横軸の先に空間と表記する。

さらに原点を通過するようにバッテンを書いた。一つの中心から周囲を八分割する放射状の線が引かれたことになる。

「この原点にいるのは君だ。ここが桐原くんの現在とする。それより上は時間が経過しているから未来。下は時間が遡って過去。ここまでオーケーかな？」

「はい、わかります。横軸は空間なんですよね？」

「そう。だけど問題はバツ印に書いたこの線。これは君の認識能力と、光速との速度差を表している。いいかい？　自然界から情報を受けて、その正体が何かと認識するためにはごくわずかながら時間がかかる。人間の反射速度は光速ではないからだ」

「それはそうでしょうけど」

「となればね、君が〝現在〟だと思っている時間は、実は誰とも共有することはできないんだ。君が認識している間にそれは過去になる。それが光速との差という意味だ。

理解できたらもう一度図を見て欲しい。このバツ印より左右の空間は、光速ではない人の認識能力では知覚できない時間なんだ。君が影響力を及ぼせるのは、円錐状《えんすいじょう》に上に延びた未来だけ。そして君に影響を及ぼせるのは、下部の過去だけ」

「ではもしかして、この左右の空間が――」

「ロスタイムの正体だと、僕は思っている」

孝司さんは、にっと口角を上げて一度笑みを見せ、またすぐに真面目な顔に戻る。

「〝非因果的領域〟なんて呼び名もあるけどね。見ればわかるように、この領域には全てが含まれている。未来も過去も、そして現在もだ。ただし、確実に存在しているにも拘わらず人間には知覚することができない。言い方を変えれば〝あの世〟だ」

「あの世……ですか」

未緒はあのとき、自分は人生のロスタイムにいるのだと言った。

あの世、つまり死後の世界。孝司さんの言っていることは正直よくわからないが、ロスタイムというものの正体は何となく察しがついた。まだうまく言語化できないが。

「桐原くんは、時間って何なんだと思う？」

「時間とは何か……」漠然とした質問に、僕も漠然と答える。「時間だ、としか」

「哲学的だね」

と言って孝司さんは相好を崩す。

「時間というのは結局のところ、人が生み出した都合のいい〝ものさし〟にすぎない。たとえばいまの一秒間の定義ってどんなものか知ってる？」

「確か、セシウムの原子がどうとかって、聞いたことがあります」

「そう、セシウム一三三の原子の基底状態の二つの超微細準位の間の遷移に対応する放射の周期の九一億九二六三万一七七〇倍の継続時間である……と定められているね。ただそんなのお役所の公文書みたいなもので、使い勝手がいいからと型通りに決められただけの定義だ。原子の運動なんていうミクロな物理量を持ち出す割には、時間の正体に対する考察が足りない。だってミクロの世界には、時間なんて存在しないんだからね」

「時間が……存在しない？　そんな世界があるんですか？」

「あるんだよ。僕らのすぐ身近にね」

孝司さんは語気を強めて言うが、正直ついていけなくなってきた。さすが医学部に行くような人は脳の構造が違うのだろうな、などと考えながら耳を傾ける。

「ミクロの世界に限定すれば、概念が成立しなくなる物理現象はたくさんあるんだ。たとえば色。そして温度。加えて時間。原子一つ一つに色はなく温度もなく、時間もない。その三つは人間的感覚が生み出した概念だからね。たとえば僕らが温度を測るときには、物質は温まると膨張し冷えると収縮するという経験的事実を利用して数値化を行っているわけだ。でも実際には、原子や分子の大集団がもっている乱雑な運動エネルギーの塊にすぎない。つまり原子単体で見れば成立しえない概念であり、同様に色も時間も、ある程度マクロな観点に立たなければ観測できないわけだ」

「は、はぁ。なるほど」

やばい。いまさら実感したが、多分この人はやばい人だ。

本当に頭の良い人ってこんな感じなんだな、と思いつつちらりと先生の方を見ると、何やら笑顔のまま首を横に振っていた。諦めろという意味だろう。

「なら桐原くん、時間を時間たらしめているものって、結局何だと思う？」

「さ、さぁ……ちょっとわかりませんが」

「それなら僕らのこの肉体は、どうやって作られていまの形になったんだい？」

「肉体は……神様が作ったのでなければ、進化の過程で生み出されたのではと」

「そうだね」と彼はうなずく。「僕らの肉体に備わっている全てのものは、よりよく生きるため、進化の末に獲得した能力だ。そして時間を認識する能力も同じなんだ」

「つまり、生きるために、ですか」

「ああ。僕らの認識上、時間とは不可逆のものだ。光と同じ速度で過去から未来に向かって飛んでいく。でもそれも生きるためなんだと僕は思う。もし仮にタイムマシンが存在したとしても、未来に行くことはできても過去には行けない。物質は送ることができるかもしれないが、過去に行けば時間を認識できる生物は死ぬだろう。生きる意志が時間を成立させているのならそうなる。だからロスタイムは——」

そこまで聞いて、ようやく彼が何を言わんとしているのかを理解した。

にわかに震え始めた喉で、言葉を絞り出すように僕は言う。

「ロスタイムは、死と密接に関わっている……？」

「ああそうだ」

はっきりと、神妙な顔になりながらも孝司さんは首肯した。

「僕が出会った篠宮さんも、君にとっての未緒さんもそうなんだろう。ロスタイムを作り出す存在は、必ず己の死を強く認識している。世界の理《ことわり》をねじ曲げるほどに強く死の運命を呪いながら、なのにそれよりもっと強く、生を求めてもいるんだ」

「……生を、求めている、ですか」

「そうだ。助かりたい、助けて欲しいと願ってる。生と死は表裏一体だからね、生を渇望するからこそ死への絶望も強くなるんだ」

「でも……。ですけど、もう未緒は──」

言いかけて僕は、その先の言葉を飲み込んだ。

彼女が死んだという事実は、既に彼女にとっては過去だ。どれだけ生きたいと望んでも、その願いが叶えられることはない。

「だから助けてあげるんでしょ？」

隣からそう口を出したのは相葉先生だった。

「はいはい。わけのわかんない時空談義はそこまでね。それより大事なのは、現在の比良坂さんをどうやって助ければいいのかってことでしょ？」

「そうだったね」

と孝司さんは言い、少し冷静になったのか咳払いをして声の調子を整える。

「桐原くんのロスタイムが起きなくなった以上、未来が変わって未緒さんの死の運命が覆《くつがえ》された可能性は高い。……でもね、そうとも言いきれない」

「どういうことですか」と僕は食い付く。「他に可能性があるんですか」

「僕がそうだからね」

彼は少し砕けた口調になり、自分を指さした。

「僕のロスタイムが終わっても、篠宮さんは解放されていない」

「えっ。だったら……」

「もちろん僕のケースと同じだとは限らない。桐原くんのロスタイムとは様々な条件が違うからね。でも油断しない方がいい。後悔したくないなら考えるべきだ」

そう言われ、すぐに「もちろんです」と腰を浮かせて答える。

「あのとき未緒は、いずれ過去を変える方法を教えると言っていました。なのに翌日からロスタイムが起きなくなったのは、きっと予想外だったんだと思うんです」

「となると、最後に会った日の言動に何かがあったとしか考えられないけど……」

さすがに喉が渇いてきたのか、孝司さんは一度コップを傾けて唇を湿らせた。

それから眼鏡のブリッジを指先で定位置に戻し、思案顔になって続ける。

「それ以前にも何かあるかもしれないね。さっきの話を聞いていただけでも、いくつか不自然な点があったし」

「本当ですか？　不自然な点って、僕は何も……」

「まずさ、君が水泳部を辞めなかったことで世界がズレたって言われたんだろう？　それって何故かな」

指摘され、思わずはっとなって口を押さえた。

そうだ。僕が水泳部に在籍し続けていることが、未緒の死因に何らかの影響を及ぼすのだろう。そうでなければあんな話はしない。

「決定打となったのは、『相葉先生を頼れ』という言葉かもしれない。でもその前にも少しずつ未来は変わっていたわけだろう？　未緒さんは『初めはサクッと過去を変えればいいと思った』と言ったんだよね。彼女が最初にやったことって何かな」

「スイミングスクールに忍び込むこと……」

「妹さんが世話をしていた猫の件は、多分彼女の未来に密接に関わってる。でも里親を見つけても決定的には変わらなかった。そこも調べてみる必要があるね」

「ええ、その通りです」

と、すぐに同意を返す。僕も薄々、あの件が関係しているのではと思っていたが、孝司さんに言われると説得力が違う気がした。

「ていうか日付は？」

そこへ相葉先生が横槍を入れた。

「比良坂さんって事故に巻き込まれるんでしょう？　いつその事故が起きるのかわかれば、いくらでも対策がとれるじゃない」

「調べる方法はあるよ」と孝司さんは即答した。「桐原くん、さっきドリームランドのお化け屋敷に行ったたって言ってたよね」

「あ……。そうか、なるほど！」

即座にその意図を理解し、ぽんと僕は手を叩く。

「あそこってお化け屋敷だけ力が入ってて、頻繁に企画を切り替えてますもんね」

「そう。未緒さんにも同じものが見えていたとするなら、未来でもその企画は終わっていない。つまり企画終了までの間に必ず事故は起きる」

「わかりました！　すぐに調べます！」

やるべきことが見えたことで、胸の奥から熱い感情が湧き上がってきた。

「あと気になってるのは」と彼は続ける。「スイミングスクールの取り壊し工事予定が変わってないかだね。清掃業者をキャンセルした結果、工期が早まったのか遅れたのか。そういうところに影響が出ているかもしれない」

確かに、と肯定を返す。それは思いつかなかった。一体この人の頭の回転数はどうなっているのか。

「多分、コーチに訊けばわかると思います」

「あたしが訊いてみるよ」

わざわざ手を挙げて、相葉先生は自ら協力を申し出た。

「教え子の命がかかってるんだもの、傍観者に徹するつもりはないわ。比良坂さんって水泳部のエースだし、勤評と実績にも関わるし。絶対に助けましょう！」

「途中で雑念が横切った気がするけど、大丈夫？」と孝司さん。

「もちろんよ。それだけ真剣にやるってこと！」

相葉先生はほろ酔い加減の顔をして、「任せて！」と自分の胸を強く叩いた。

しっかりしてくれよと言いつつ、孝司さんも協力は惜しまないと約束してくれた。

ロスタイム経験者にしてこれだけ頭がきれる人が味方についてくれるなんて、本当に頼もしい限りだ。心の中の不安が徐々に薄れていくのを感じる。

こうして同盟を組んだ僕たち三人は、その日から綿密に連絡を取り合うようになり、〝未来の比良坂未緒救出作戦〟を成功に導くべく、密《ひそ》かに動き出したのだった。


週明けの月曜日からは、水泳部の練習にも真面目に取り組むようになった。

当然だろう。僕が水泳部を辞めないことで未来が変わるなら、未緒を救出するときに体力が必要とされるのかもしれないからだ。

ブランクで鈍りきった体では駄目だった可能性がある。どんな些細なことでも手を抜かずに備えるべきだ。その言葉を幾度も胸に刻みつける。

もちろん単純に距離感の問題という線もある。疎遠になっていた未緒は、命の危機に際しても、僕に助けを求めなかったのかもしれないのだ。

だからその対策として、昼休みになれば誰より早く食堂へ行き、未緒を待って一緒にランチをした。それも毎日だ。

「——最近何だか忙しそうだね？」

彼女は不可解そうな顔をしながらも、度々そう言っては微笑んだ。

こっちの気も知らないで暢気な……と何度も思ったが口にはしなかった。いきなりロスタイムだの何だの説明しても理解できないだろうし、未来に関する知識を与えることが正解かどうか、まだ確信が持てなかったからだ。

不用意に不安を煽るだけになるやもしれず、それが悪い結果に結びつかないとも限らない。足元の石につまずくことを警戒して、車に轢《ひ》かれるようなことがないとも言いきれないではないか。

彼女が巻き込まれる事故の正体が判明すれば、そのときは当然警告するつもりだ。それどころか、家の柱に縛り付けてでも外出させないようにしよう。

ただ、そんな僕の心中などお構いなしに、彼女は毎度大盛りご飯を口に運びながらご満悦の様子であった。お気楽で羨ましい限りだが……。

目の前で未緒が眩しい笑顔を見せてくれることが、いまは何よりも嬉しい。それが奪われる未来が訪れないよう、僕は日に日に覚悟を確かなものにしていく。何が起きようとも必ず彼女を助けると、固く心に誓った。

そうして入念な準備を進めているうちに梅雨入りしてしまい、徐々に雨の日が多くなってきて、次第に日中の湿度も上がっていった。

調べてみると、ドリームランドの『悪夢の廃病院』は、六月末までの期間限定公開と告知されていた。夏本番となる七月からはコンセプトを一新し、古式ゆかしい和風幽霊で勝負をかけるつもりらしい。

つまり、破滅の未来はすぐそこに迫っているのである。その予感が日を跨《また》ぐごとに強くなっていくようで、六月中旬になる頃には焦燥感にじりじりと体の端を焼かれているような気分で毎日を過ごした。


そして訪れた、六月一五日。

木曜日未明から降り出した雨は土曜日になっても止むことはなく、不安を煽り立てるには十分な雨量が既にこの街に降り注いでいた。

普通の雨はザァザァと聞こえるものだが、昨夜なんてドーッと滝壺《たきつぼ》の音かと疑いたくなる有《あ》り様《さま》だった。いくら梅雨とはいえこの雨脚は異常だ。何だか空恐ろしくなる勢いである。

電車は運行を見合わせ、川沿いの地域では避難勧告が出ているらしい。うちの辺りは高台になっているので被害が出ている様子はないが、流通網には影響があったようで、近所のコンビニでは早くも品薄になり始めていた。

この激しい雨が、未緒の未来に関わる可能性は決して低くはない。その懸念が日を追うごとにどんどん色濃くなってきている。

それに、休日だからと気を抜ける理由もない。思い返せばロスタイム中の未緒は、校内にいるときは比較的自由に動き回っていた。あれは恐らく、彼女の目に映る世界では、周囲に誰もいなかったからだろう。となると休日だったのかもしれない。

考え出すと、じっとしていられなくなる。のんびりテレビを見て過ごす気にもなれず、合羽を着て家の外に出ることにした。傘など物の役には立たないからだ。

そして歩き出して数分後には、長靴を履いてくるべきだったと後悔した。走ることを考慮して運動靴にしたのだが、瞬く間にぐしょぐしょだ。いずれこの感触にも慣れてくるだろうが、一歩進む度にぴゅっと指の間から水が飛び出して気持ち悪い。

——パトロールしようよ。

あの日、ロスタイム中の未緒が口にした言葉が頭の中に反響する。もしかすると、街の変化に気を配れという意味だったのかもしれない。

彼女の性格上、回りくどい表現はしないと思うが……未来を変えてロスタイムが終わらないよう、あの時点では直接的な表現は避けたということもある。

だからここのところ僕は、暇さえあれば街を歩いて変化の発見に努めるようにしていた。これまでは例外なく徒労に終わったが、今日も同じだとは限らない。

回るべき場所は決まっている。ロスタイム中に未緒が特に関心を示していた場所だ。

自転車で二人乗りをして走ったコースを、巡回してみることにする。

見上げれば空は分厚い雲に包まれ、まだ午前中だというのに夜のように暗かった。

雨は地面を激しく打ち付け、飛沫が腿の高さまで跳ねてくるほどだ。

正面の視界も恐ろしく悪く、一〇メートル先の車のヘッドライトがかろうじて見える程度だ。こんな状態では事故も起きるだろう。まさか未緒は車に……？

いや、根拠のない想像は止めよう。きりがない。

軽く首を横に振り払うと、再び進行方向に目を戻す。いつもと同じ街のはずなのに、明らかに何かが違う。いつの間にか別世界に迷い込んだようにすら感じた。

ただしロスタイム中の未緒が雨に言及した事実はない。これだけの勢いで雨が降っていたのなら、自転車の後ろであんなに楽しそうにできただろうか。時間停止中とはいえ、目や口にも容赦なく水滴が入っただろうに。

「……いまの未緒は、とりあえず無事みたいだな」

郵便局の軒下に入ったところでスマホを取り出してみると、外出前に送っておいたメッセージに返信が届いていた。

昼過ぎからはKSCに泳ぎに行く予定らしいが、いまのところは家で大人しくしているようだ。寝起きのようにぼんやりとしたその文面を見る限り、何か心配事があるという様子でもない。

ちなみに先日、トラジが引き取られた老夫婦の家に、未緒と一緒に行ってみた。引き渡しの際と変わらず、とても感じの好いご夫婦であり、志乃も下校時にちょくちょく様子を見に来ているらしく、彼女用のおやつが収められた棚までできていた。

「迷惑をおかけしていませんか」と未緒が訊ねると、八十過ぎのお婆さんは糸のように目を細めて「いいえぇ」と言い、別れの際には未緒の手を握って「また来てねぇ」と笑いかけていた。あれは実に微笑ましい光景だった。

『また行こうね。一緒に』

そうメッセージが来たので、「そうだな」と肯定を返しておく。

スマホをポケットにしまい込むと、それで休憩は終わりだ。次は長い坂道を上って丘の上のスイミングスクールを目指すことにする。


二〇分ほど歩いて目的地に到着すると、視線を上げて建物の全体像を確認した。

朽ち果てたスイミングスクールは、雨に打たれて灰色に染まっているが、まだその威容をかろうじて留めていた。清掃作業が長引いたせいで工期が遅れ、取り壊し工事に入る前に梅雨入りしてしまったためだ。

「――え。孝司さん？」

人影に気付いてそう声をかける。敷地を取り囲むように張られた金網フェンスの前に、見覚えのある青年の姿が見えたからだ。

「ん？　桐原くん、君も来たのか」

「はい」歩み寄りながら訊ねる。「こんなところで何をしているんです？」

「パトロールだよ」孝司さんはさも当然という口振りで答えた。「この場所に何かがあるんじゃないかと思えてね」

「それについては僕も同意見ですけど……」

辺りを見回しつつ答える。ロスタイムが起きなくなって以来、この場所には何度となく足を運んでいるが、取り壊しが進んでいないため何も変化はないようだ。

結城コーチは学院の近くにアパートを借りて移り住んでいるし、志乃だって子猫がいない以上ここに来る理由はない。当然未緒もだ。

「こんな雨の時まで、すみません。お手数をおかけして」

何だか申し訳なくなってきて、頭を下げながら言った。

「医学部の勉強、大変なんですよね。なのに……」

「そんなの良いんだよ。こう見えて君には感謝しているんだから」

孝司さんは爽やかな笑みを見せる。でもこちらには感謝されるようなことをした覚えがない。「何のことです？」と訊ねると、彼は静かに答えた。

「篠宮さんのことを、教えてくれただろう？　彼女がまだロスタイムの中にいるって事実はね、僕にとって凄く大きなことなんだ。しかも意識がはっきりと残っていて、後輩を助けるために助言を残すだなんて」

何かを思い出すように彼は目を伏せたが、その口元は笑っていた。

「それを知ることができて、凄く嬉しかったんだ。これから先も前を向いて進めると思った。だから恩返しってやつだよ。篠宮さんが僕を頼れと言ったんだから、ちゃんと結果を出さなきゃいつか怒られる。そう思っただけさ」

「孝司さん……」

彼が何を背負っているのか、僕にはわからないしこの場で訊き出すこともできない。けれど以前、言っていたはずだ。彼のロスタイムは終わったのに、篠宮さんはまだ解放されていないと。

その解放という表現が気になって口を噤んでしまう。孝司さんにとってロスタイムとは囚《とら》われるものなのだ。牢獄《ろうごく》のような時間なのだ。

合羽のフードにぶつかる雨の音を聞きながら、しばし沈黙を保っていると、

「——ところで桐原くん、あれ見えるかい？」

不意に孝司さんは声色を変え、自分の傘をちょっと引き上げて、建物の裏手の山に視線を向けた。

「コンクリで舗装された部分の少し上。小さな社があるのがわかる？」

「ああ、確かにありますね」

ふと、記憶の蓋が開いたような気がした直後、頭の中にとある光景が蘇ってくる。

そういえば昔、ここへ未緒と一緒に通っていた頃、一度だけ裏手の山に登ってみた

ことがあったはずだ。小学三年生の頃だっただろうか。

遊歩道の途中にボロボロに朽ち果てた小さな社を見つけ、付近を探検してみたのだが、特に興味を引かれるものはなかった。格子戸の中に石造りの地蔵が祀《まつ》られているだけの古い社であり、管理者がいないのか周囲は荒れ放題だった。

「未緒さんの妹……志乃ちゃんだっけ」と彼が訊ねてくる。「桐原くんが子猫の里親を探さなければ、最悪この山に放していたかもしれないって言ってたよね」

「はい。幸いにして、いまはいい飼い主に巡り合えましたけど」

「でもさ、もしそのまま事態が推移していたとしたら……あの社で飼うことになってた可能性はないのかな」

そこで突如、真剣味を帯びた眼差しを向けてくる孝司さん。

「あの山にはもちろん、他の野生動物や猛禽類《もうきんるい》がいるだろう。子猫が自力で生き抜くのは難しい。だから志乃ちゃんは、社の中に匿《かくま》ったかもしれないよね」

「……あり得る話だと思います」

志乃ならやりかねない。屋根と壁があるだけ野外よりはマシだし、スクールからもほど近い。もしあのまま施設を追い出されたとしたら、あの社の中で餌やりを続行した可能性は十分にある。

「もしもさ、この雨の中でも、志乃ちゃんがここへやってきたとしたら？」

少しずつ言葉に深刻性を滲ませつつ、彼は続ける。

「そしてもしも、あの山で土砂崩れが起きたとしたら――」

「え……？」

土砂崩れ、と鸚鵡返しにして、再び視線を引き上げる。

小さな山だ。散歩気分で頂上まで行けるほどの高さである。だが遊歩道には雑草が青々と生い茂っており、しばらく誰も立ち入っていないことを物語っていた。

こんな場所で土砂崩れが起きたなどと、いままで聞いたことはないが……。

けれどこの雨の強さは常軌を逸している。これまで起きていないとはいえ、この先も起きない保証なんてどこにもない。

「さらに仮定の話を続けるけど」

声を失った僕に向けて、孝司さんはさらに口を開く。

「これだけ雨が降っている中、志乃ちゃんの行方がわからなくなったとして……探しに来た未緒さんがここへ来て、一緒に土砂崩れに巻き込まれたとしたら？」

「ま、まさか」

さすがに息を呑んだ。一笑にふせる話ではない。

あの社で子猫の面倒を見るとすれば、毎日餌を持って通う必要がある。たとえどんな豪雨の中でも、責任感の強いあの子は必ずやってくるだろう。

その際、家から出て行こうとする志乃に、未緒は声をかけないだろうか。

声をかけられた志乃が、仕方なく事情を説明したとしたら？　雨が降り続いている間だけでも、子猫を家に連れ帰りたいと言ったとしたら……。

妹思いの未緒は、きっと一緒に行くことを選ぶはずだ。そしてその結果、二人揃ってここで――

「犠牲者って言ったんだよね、未緒さんは」

孝司さんの声は、いつの間にか厳しいものに変わっていた。

「ただの事故ならそんな言い方はしないだろうね。犠牲者って表現は、大規模な災害を連想させるものだ。事故なら被害者って言うからね」

「ちょっと待ってください！」たちまち焦燥感にかられて訊ねる。「もしかして僕らもここを離れた方がいいのでは？」

「だろうね。この雨脚だと何が起きてもおかしくない。未緒さんがここへ来ることはもうないだろうけど、代わりに僕らの方が犠牲者になりかねない。――そうか。そういう未来に繋がる場合でも、ロスタイムは起こらなくなるのかも」

「そんな悠長な！　なら早く」と言いかけて気付く。「いや、ここの麓に住んでる人たちはどうなるんです？　少ないとはいえ民家がありますよ」

「それは大丈夫」と孝司さんは余裕の態度を崩さない。「昼過ぎからこの辺りを見回ってたんだけど、避難勧告は既に出ていて、どこにも人の気配はなかったよ。まあそれでも心配だったから、役所の方には姉さんから言って貰うことにしたけどね」

「相葉先生から……？」さすがに手回しが早い。「ですけどそれ、何て説明したんですか？　ロスタイムの話なんて信じて貰えるわけ……」

「大丈夫。うまくやってくれたと思うよ。外面だけは完璧だからね、うちの姉は」

再び笑顔になって言いつつ、孝司さんは歩き出す。

「だけど、もう戻った方がいい。土砂崩れには兆候があるそうだから、いますぐってわけじゃないだろうけど、できる限り距離はとった方がいいよ」

はい、と僕は答え、彼に続いて歩き出そうとする。

だがそのとき、遠くから唸り声みたいな音が聞こえてきた気がして、足を止めた。

「どうした？」

「……いえ、大丈夫です。行きましょう」

地の底から響いてきたような重苦しい音だった。でも、きっとまだ猶予はある。

その場を立ち去る間、頭の中にはずっと残響が続いていた。それはあたかも山全体が憤怒を吐き出したような声であり、僕の体に戦慄を走らせるには十分なものだった。

家に帰るとまず、シャワーを浴びることにした。合羽を着ていたとはいえ雨の勢いが強すぎて、下着までぐしょぐしょに濡れていたからだ。

体温も下がっていたらしく、風呂場で何度もくしゃみをした。ただパトロールに出た甲斐《かい》はあったのではないかと思う。

大雨による土砂崩れが、破滅の未来に繋がる要因かもしれない。だとすれば、未緒をあの山にさえ近付けなければ、最悪の展開は回避できるということだ。

安堵の息を漏らしつつ、普段より長い時間をかけて、ゆっくり熱いシャワーを浴びることにした。孝司さんの推理が当たっているとすれば、放っておいても未緒の身に危険が及ぶことはない。あのスイミングスクール周辺に立ち寄る理由は、もう志乃にも未緒にもないからだ。

となるとやはり、未来が変わったせいでロスタイムは起きなくなったに違いない。暫定的にそう結論づけし、タオルで体を拭き、さらにドライヤーで髪を乾かした。

それから着替えてリビングに戻ったところで、テーブルの上に置いていたスマホが聞き慣れない音を出して震動した。やけに不吉な響きだった。

何だろう。そう思いつつ画面を覗き込んでみると、『避難勧告が発令されました』と表示されていた。

避難区域の内訳を見てみると、我が家の一帯は含まれていなかった。ただ川を挟んで隣町にある未緒の家は避難が推奨されているようだ。

避難場所は、どうやら志乃が通っている小学校のようである。それは取りも直さず僕らの母校でもあるので、未緒なら迷わず行けるだろう。

と、思ったそのとき、続けざまにスマホが鳴った。

震動に驚いて手から落としてしまいそうになるが、すんでのところで引き上げる。

「――――なっ⁉」

その通知を見るなり、衝撃に僕の体も震えた。

画面に表示されていたのは、未緒からの新着メッセージだったのだ。

『志乃知らない？』

たった七文字の短文。しかしだからこそ、余裕のなさが文面に滲み出ていた。

脳裏にたちまち最悪の想像が広がっていく。一瞬にして総毛立ち、続けて冷や汗がいたるところから噴き出してきた。膝も笑い始める。

いや駄目だ。焦るな。冷静になれ……。メッセージの内容は、志乃がいなくなったことを示唆している。しかも僕に訊いてくる時点で、彼女が立ち寄りそうな場所は全て探したあとに違いない。

一体何が起きているのか。わからないが、のんびり構えている場合ではない。

未緒に『探してみる』とメッセージを返すと、スマホをズボンのポケットに押し込んで玄関に向かった。

軒下に広げて干していた合羽に再び袖を通す。靴はぐっしょりと濡れていて、履くと気持ちが悪かったが、不満を言っている場合ではない。長靴には機動性が期待できないからだ。このまま行くしかない。

だが、慌ただしく玄関を出て、少し歩いたところでふと視線を上げたその瞬間——

僕は信じられないものを見た。

山が、動いていた。

スイミングスクールのあるあの丘の、裏手にある山の斜面が、直立する針葉樹ごと斜めにスライドして、凄まじい勢いで流れ落ちていったのだ。

まるで砂浜に作った山が、大きな波にさらわれて跡形もなく消えてしまうように、いともあっけなく大規模な崩壊が進行していく。

あとに残されたのは、巨大な獣が爪で削り取ったかのごとき傷痕だけだ。

滑り落ちた土砂と、掘り起こされた木々は、呆然と見守る僕の視界の先で液状化しながら下降していき、やがて取り壊しを待つスイミングスクールに衝突した。

もしも工事が予定通り行われていたら……あの土砂はさらに勢いを増して、麓を襲っていたかもしれない。だけどあの建物が残っていたことで、被害は幾分軽くなったのではないかと思う。

今後、他の場所が崩れる可能性はあるが……いまのところ土砂が民家まで到達している様子はない。一安心である。

が、ほっと息をついたのも束の間。

「――何を安心してるんだ。早く志乃を探さないと」

一度そこでスマホを取り出し、未緒の返信を確認するも、まだ何の反応も返ってきてはいなかった。

であれば、どこへ行く？　ここから近いのは小学校だ。避難場所に指定されたそこを探してみるべきかと思案する。

志乃はまだ九歳とは思えないほど聡明《そうめい》な子だ。避難勧告に気付き、いち早く小学校へ向かったのかもしれない。家族もすぐにやってくると信じて。

もしそこにいなければ、考えられるのは子猫を引き取ってくれた笠原さんの家だけだが……。そちらはやや距離が離れているし、土砂崩れの現場のすぐ麓だ。

ならば、まずは近場を探して、いなければ捜索の範囲を広げよう。そう方針を決めて僕は走り出す。

途中、消防車が赤ランプを回しながら道を塞いでいた。どうやら早速立ち入り禁止の区域ができているようだ。

土砂崩れを起こした山は、見晴らしのいい場所ではあるが距離的には遠い。影響がここまできているとは考え辛いが……そう思って赤いカラーコーンの先を覗き込むと、比較的低地にある道路が冠水しているらしかった。

間が悪い。ここを抜ければすぐ小学校なのに、迂回するしかない。

いや、仕方がないことだと自分を納得させると、湿った靴音を立てる踵を翻して回り道をし、それでも数分後には母校に到着した。

体育館の前には既に多数の人々が押しかけていた。中を窺ってみると、役所の人が拡声器で指示を出しているようだが、いまのところ剣呑な空気はない。

ブルーシートが敷かれた簡素なブースには多数のダンボール箱が置かれ、避難してきた人たちは思い思いの場所に座り込んでいるようだ。ただ、ぱっと見る限りは暗い表情の人はおらず、子供たちも元気にその辺を走り回っていた。

どうやらみな、それほど危機感はないらしく、むしろ滅多にない非日常を楽しんでいるといった雰囲気である。

やや胸を撫で下ろし、下足場で靴を脱ぐと、一通りブースの中を見回ってみることにしたのだが……。さらに数分ほどして、とある事実が判明する。

志乃がいない。未緒の姿もないようだ。

嫌な予感が胸の中で膨らんできて、再度スマホを取り出して確認する。返事はない。

冷淡なその画面を見ているとじっとしていられなくなり、再び靴を履いて外に出た。

合羽を羽織り直して、小学校の周辺を歩いてみる。人通りはない。車通りもない。

遠くから消防車のサイレンだけが断続的に聞こえてくる。

「……こうなったら行ってみるしかないか」

少し考えて、決意を固めた。

恐らく未緒は、志乃を探してどこかを彷徨《さまよ》っているのだろう。

ただ志乃の方も家族を探している可能性があるので、二重遭難のような事態を防ぐためにも、誰かが避難所の近くで待っていた方がいいかもしれない。だがそれ以前に、二人が何か急迫性のある事態に出くわしている場合も考えられるのだ。

もしそうだとしたら、いま動かずにいれば、僕は一生後悔することになるだろう。

行くしかない。目的地はトラジのいる老夫婦の家だ。逡巡を振りきって走り出す。

次第に風が強くなってきたのか、雨が真横から吹きつけてくるように感じた。目にも鼻にも容赦なく水滴が入ってくる。

しばらくすると、呼吸すら困難な状態になってきた。まるで地上にいながら溺れているような感覚に四苦八苦しながらも、一歩ずつ足を進めていく。

少しでも雨に打たれないよう路地裏を抜けて、ようやく高台へと繋がる道に出た。

そしてその瞬間、呆気《あっけ》にとられた。

「――嘘、だろ？」

高台から見下ろした僕の目に映ったのは、見慣れた街の風景などではなかった。

ただただ大きな、黄土色の水溜まりだ。

そういえば聞いたことがある。スイミングスクールの麓に広がるあの住宅地は輪中と呼ばれる地域であり、川よりも低い位置に作られた街なのだと。

恐らくは、先ほどの土砂崩れが原因なのだろう。流れてきた土砂はスクールの建物に阻まれ、麓の民家を襲うことはなかった。ただし、脇を流れる川の流れを堰《せ》き《と》止めてしまったに違いない。

そのせいで、山の土壌に蓄えられた水が一気に濁流となって注《そそ》ぎ込《こ》み、わずかな間に街が丸ごと浸水してしまったのだ。

もしもこの中に、未緒と志乃が入っていったのだとしたら……？

そんな恐ろしい考えが、僕の体を芯から震わせる。

浸水した地域の水かさは、既に家屋の二階部分にまで達しているようだ。とても歩いていける深さではない。泳いでいこうにも、黄土色に染まったあの汚水の中では目を開けられず、息継ぎすら困難に違いない。

途方に暮れた僕は、ポケットに手を入れてスマホを取り出す。

やはり未緒からの返信はない。しかしそこでふと、とある事実に気付く。画面上部に表示された時刻が、午後四時一四分だったのである。

「待てよ、このタイミングで……？」

何度となく遭遇したロスタイムの時刻。その一分前だ。果たして偶然なのだろうか。訝りながら画面を見ているうちに、何の前触れもなく数字が変わり、四時一五分になった。

そして予感は数瞬後、確信に変わる——

「……そっか。ここで出会っちゃうんだ」

聞き覚えのあるその声に驚きつつ、顔を上げると……。

道路のガードレールの手前側に、傘も差さずに立っている少女の姿が見えた。

いや、いまの彼女には、傘など必要ないのだろう。何故なら先ほどまで激しく鼓膜を震わせていた雨音が、いつの間にかすっかり消えてしまっているからだ。それどころか雨粒が空中で静止しているのである。

「あはは。何か久しぶりだね、綾人くん。元気だった？」

場に合わない朗らかな声をかけてきたのは、長年連れ添った僕の幼なじみだった。

けれど、笑顔で挨拶を返すなんてできない。破滅の未来にいるはずの彼女との再会は、未緒の命が危険に晒されていることを意味するからだ。

「……久しぶり、でいいのかな。ごめん。いまは再会を喜べそうにない」

ロスタイムの未緒は、いまの僕にとっては死神にも等しい存在だ。

でも彼女に罪はない。むしろ憐れむべき相手だ。だから言葉に詰まってしまう。

「ま、そうだろうね。でもこっちも驚いてるんだよ？　優しくしてよね」

無数の水滴が浮かぶ空間の中で、未緒が静かに語りかけてくる。

「……ふうん。こんなふうになっちゃうんだね。スイミングスクールの取り壊しが遅れて、山から流れてきた土砂が川に行っちゃったのか」

「え？　見えてる……？　まさかそっちの景色も変わってるのか？」

胸の動悸をおさえつつ、僕は訊ねる。

「未来が収束しようとしているのか。いや、ロスタイムが始まったってことは……」

「誤差修正って感じだろうね。つまり死んじゃうんだよわたし。もうすぐ」

さも当然のような口調で彼女は答える。

「本来なら、スイミングスクールの裏手の山で、わたしは土砂崩れに飲まれる予定だった。何とか志乃だけは助けたんだけどさ、土砂の中に生き埋めになっちゃってね、掘り起こされたのは翌日のことだった。そのときはまだ息があったんだけど、病院に運び込まれてからしばらくして死んじゃったの」

「……淡々と言うようなことかよ」

想像してしまったではないか。不満を込めて言うと未緒は首を横に振る。

「でも多分ね、運命が変わったいまの方が、先に死んじゃうと思う。多分明日までは保たない」

「なんだって？」

「んじゃわたしの推理を言うね？　志乃が拾ってきた子猫の里親が、この辺りに住んでるんでしょ。でも大雨で避難勧告が出て……そりゃ飼い始めたばかりの子猫を連れて避難なんて難しいよね。だからきっと途中で逃げちゃったんだと思う」

「そうか。逃げた子猫がまだこの街にいると思って、志乃ちゃんは……」

「探しに行って、出られなくなったのかもね。水没してないどこかの屋根の上にいるのかも。……で、わたしがそれを助けに行ったと」

「だったら、なおさら急がないと」

言いつつ未緒の隣をすり抜けて、水没した街に降りようとした。

だが彼女は僕の腕を摑んで、「待って」と引き留めてくる。

「綾人くんまで危険を冒すことないよ」

「何を悠長に言ってんだよ！」

振り向くなり、やや感情的になりながら声を上げた。

「運命は多少変わったみたいだけど、このままじゃ同じことになるんだぞ？　いや、もっと悪くなってると言っていい。放っておけば志乃ちゃんも、あの子猫も……」

「そして綾人くんも、死ぬかもしれない」

わざわざ僕が避けた〝死ぬ〟という単語を、あえて口に出した未緒。

直後、彼女はまっすぐ射貫くように僕の目を見つめてくる。

「わたしには何もできないけど、こと泳ぎに関してだけは綾人くんより上だよ。あの濁流の中でもそれは変わらない。……そのわたしがこれから死ぬんだよ？　綾人くんが助けに行ったとして、無事に済むはずがない」

だから救助を呼んで、すぐにこの場を離れた方がいいと未緒は続ける。

しかしそれでは駄目なのだ。救助を呼んで未来が変わるなら、ロスタイムは発生していない。街が一つ水没しているのだから、通報などとっくに済んでいるはずだ。救助隊は間に合わず、未緒は死んでしまうのだろう。だからこそいま、時間は止まっているのだ。破滅の未来に可能性が収束してしまったからこそ……。

「……駄目だ。僕が助けに行く」

承服などできるはずがない。

たとえ僕が身代わりに死ぬことになったとしても、それでも黙って見てなどいられない。ほんの少しでも可能性があるのなら足搔かなければならない。でなければこの先一生、悔やみ続けることになる。

そう結論づけると強引に腕を振りほどき、一歩前に踏み出していく。

行くならいましかないのだ。考えてみればロスタイムは好都合。時間停止中ならば凍結の効果で水の上を歩いて進むことができる。

土砂を大量に含んだ汚水の中では目を開けることができない。顔を水面から出したままでの泳法は凄まじく体力を消耗する。そんな状態で未緒たちを探すのは大変だろうが、ロスタイム中に居場所を特定できれば一直線だ。救助はとても容易になる。

ただし、ロスタイムが一時間きっちり続いてくれる保証はない。未緒を助けられる可能性が見えた瞬間に、時間が動き出すかもしれない。だから急ぐ必要があるのだ。

「待ってよ、駄目だって」

「行かせてくれ。いま行かなきゃ駄目なんだ」

呼び止める未緒を押しのけて進もうとしたところで、彼女は意外な行動に出た。

正面に回って大きく両腕を開くと、そのまま僕の胸の中に飛び込んできて、さらに強い力で抱きしめてきた。小さな体で、精一杯に。

「お願いだよ。行かないで……」

「未緒……」

長く付き合っている間柄でも、さすがにこんなに密着したことはなかった。

彼女らしからぬその行動に、そのぬくもりに一時決意が鈍る。

「もっと早く、こうしておけばよかった」

胸板に額をつけて彼女は呟く。か細い声が体の芯を伝わって聞こえてくるようだ。

「綾人くんの顔を見ていると、恥ずかしくてわたし、駄目になっちゃうんだよ。本当の気持ちを伝えられなくて、いつも意地を張って……。最後だってわかってたのに」

　やがて未緒は顔を上げた。

　涙に潤んだ大きな瞳が、切実な想いを言葉より正確に投げかけてくる。

「嫌だよ……！　わたしのいない世界でも、綾人くんは笑顔でいてよ。ちゃんと幸せになってよ。それならわたしも笑顔でいけるから！　お願いだからっ！」

「おまえのいない世界じゃ笑顔になれないし、幸せにもなれないよ」

　即座に言い返したが、不思議と心は落ち着いていた。迷いがなくなったせいだろう。

　助けたいのだ。自分がどうなろうと構わない。一緒に水底に沈もうとも構わない。

　それが僕の……僕だけの矜持だ。

　この気持ちが少しでも届くようにと、僕も未緒の体を抱きしめる。

　思ったよりも小さくて、華奢で柔らかな体つきであり、体温が凄く高かった。そうしているうちに、互いの心臓の鼓動までもが重なり合って聞こえてきた。

　音のないロスタイムの中で、寄り添う二人だけが奏でる音楽を聴きながら、やがて僕は彼女の耳元で、揺るぎない意志に紡がれた言葉を囁きかける。

「あの世で再会したら、どれだけなじってくれても構わない。だから行かせてくれ。

男の意地ってのがあるんだよ、僕にもさ」

「馬鹿だよ……。本当に馬鹿なんだから……」

未緒はそう呟いて、一度額を僕の胸にこすりつけると、ややあって両手で押すようにして体を離した。

「わかったよ。わたしのことはどうでもいいけど、志乃のことはお願いね……」

両の目尻に涙をきらめかせつつも、彼女は眩しい笑顔を見せる。

そして、直後——

まるで空気の中に溶け入るようにして、透明になって消えてしまった。

「……未緒」

愛《いと》しい少女の名をもう一度呼んだ、次の瞬間。

ざぁっと音を立てて突然、静止していた雨粒が一斉に動き出した。

ああそうか、と理解する。最後のロスタイムが、終わってしまったのだと……。

胸の中にぽっかりと穿たれた空白の中を、騒々しい雨音が無遠慮に満たしていく。

もはやその場に立ち止まっているわけにはいかなかった。

「――――よしっ」

声を出して気合を入れると、両手で自分の頰を挟み込むように叩く。

未緒を泣かせてまで行くことを選んだのだ。いまさら弱気になどなっていられない。

濁流の上を歩いて探すわけにはいかなくなったが、ロスタイムが終わったからには再び運命は変わっているはず。そう信じる。

とはいえ保証など何もない。孝司さんが言っていた通り、僕が死ぬ未来に変わっている可能性もあるのだ。この先、一瞬たりとも油断は許されない。

だから、まずは落ち着いてスマホを取り出し一一九番。浸水した地域とそこに取り残されている人がいることを伝え、救助を求めた。

次に、合羽と上着を脱いでその中にスマホを包み、高台にあった家の軒下に置いて準備は完了。着衣のまま泳ぐのは負担が大きいが、さすがにズボンまで脱いで全裸にはなれない。未緒みたいに普段から水着を着ていればな、と少しだけ後悔する。

だが靴は必要だろう。水が濁りすぎていて、足場がどうなっているのかわからないからだ。刃物などが漂流している可能性もある。なので足首が鬱血するほど強く靴紐《くつひも》を結んで固定した。これでバタ足にも支障はない。

やがて一度深呼吸をすると、黄土色に染まった汚水の中に足を進めていく。

分厚い雲に阻まれ、ずっと太陽光は街に届いていない。だから六月とはいえ、水に手をつけてみるとその温度は凶悪なほどに低く、しかも土砂が混じっているせいか、とろりと粘性を持っているようだ。

この状況が長時間に亘れば、体温低下も命取りになるかもしれない。なるべく早く未緒たちを見つけなくては……と思いつつ腰まで水に沈めていく。

浸水地域を進むとは言っても、見渡す限り何もないというわけではない。水かさが増え続けているとはいえ、家屋の二階部分や屋根は残っている。だからこまめに休憩することはできそうだ。

腕を大きく回して水を掻き、数メートル進むと家屋の配水管などを摑み、周囲を見回しながら入念に息を整える。その繰り返しだ。

雨脚はさらに勢いを増しており、視界はいままでで最悪。しかも水面から靄《もや》まで立ち上ってきており、五メートル先すら見渡せない。

輪中地帯はそう広くないはずとはいえ、さすがに骨が折れそうだ。

だが二重遭難して、こちらが救助される立場になるだなんて笑えない。泳ぎ終わる度にしっかり疲労の回復に努め、持続性を重視して捜索を進めていく。水泳部の終わりなきプール往復練習に似ているな、と不意に苦笑が漏れた。

注視すべきは、屋根の上だ。僕より体力のある未緒が途中で溺れるとは思えないし、志乃だって水が押し寄せてきたら高所に昇る程度のことは考えるはず。

トラジを引き取ってくれた笠原夫妻の家は、この街の中心付近にある。とりあえずはそこまで直進して、いなければ円状に捜索範囲を広げていこう。

方針が定まると引き続き汚水から目や口を守りつつ、普段よりも水面から高めに顔を出して泳ぐ。スピードは出せないが仕方がない。

そうして体感時間で一〇分程度は経過しただろうか。

奥歯をカタカタ鳴らしながら気付いたが、水上に出ている屋根や建物の壁が明らかに少なくなってきている。だが水かさが増えたわけではない。街そのものが、中央に行くほど低地になっているのだろう。

いまや二階建てアパートの屋根が、かろうじて水面ギリギリに見える程度だ。周りの民家は完全に水没している。つまり寄る辺はなくなり、泳ぐ距離はどんどん長くなっていくわけだ。先へ進めば進むほどに。

ただし、悪いことばかりではない。屋根が少ないということは、探さなければいけない場所が減ったということだ。これだけ高所が少なければ、遠くからでも人影が見えるはずだ。

そう考えつつ次の進路を決めようとした、そのとき。

「――あの！　ここです！　ここにいますっ！」

と、誰かの声が耳に届いて、反射的にその方向に視線を向ける。

先ほど視界に入ったアパートの屋根に目を凝らすと、なんと手を振る人影が見えた。

どうやらかなり年季の入った建物のようだが、赤錆の浮いたトタン屋根の上に複数人の気配があるようだ。

すぐさまそちらへ泳いでいくと、正面の人物が水着を着ているのがわかった。

水力抵抗を極限まで減らすため、露出度が高くなってしまった競泳用水着である。

こんな場所であんなものを着ている人間など、僕の幼なじみ以外にいるはずがない。

「未緒！　未緒だよな⁉　そこにいるのか！」

「えっ？　綾人くん？　どうして」

呆気《あっけ》にとられたような声が聞こえてきて、彼女だと確信する。死にかけているかと思ったが、意外に元気そうではないか。

ともあれようやく探し出すことができた。その達成感から体温が上がり、体に力が漲ってきて手の掻きも足の蹴りも早くなる。

するとすぐにアパートの屋根に辿り着くことができた。その縁を摑んで体を引き上げようとしたところで、これまで忘れていた重力の強さに驚く。体がやたら重い。

「ど、どうしてここがわかったの？」

驚きながらも未緒が手を伸ばしてくる。

「まさか泳いで探してたの？　無茶だよそんなの……」

「無茶はお互い様だろ。苦労したよ、本当に」

彼女の手を掴んで引っ張って貰い、ようやく屋根の上に立った僕は、まず上腕で顔に貼り付いた水を拭った。

「救助は呼んでおいた。そのうち来てくれると思う。……志乃ちゃんは？」

「え、うん。そこにいるけど」

未緒の背後を見ると、膝を抱えて座り込む小学生女児の姿があった。

一見、雨に打たれて震えているようだったが、顔色は悪くない。どうも体の内側に子猫を抱え込んで、雨除けになってやっているらしい。毛皮が濡れて体温が低下しないようにという配慮だろう。

トラジの方も、状況がわかっているわけではないだろうが、随分大人しくしている様子だ。助けようとしている意思が伝わっているのかもしれない。

「ちょっと！　誤魔化さないでよ！」目つきを鋭くしながら未緒は言う。「どうしてこんなところに来たの？　さすがに無謀すぎるよ。人より少々うまく泳げるからって人命救助できるなんて自惚《うぬぼ》れは――」

「先に飛び込んだやつに説教される謂《い》われはないよ」

言いつつ、改めて未緒の様子を確認してみる。

志乃よりも衰弱していることは間違いない。唇も紫色に染まっている。この屋根に辿り着くまでにかなり体力を消耗したようだ。体温も僕以上に奪われているだろう。

「……その様子じゃ、志乃ちゃんと子猫を担いで泳ぐのは無理そうだな。救助が来るまでここで待とう」

「そうしたいのはやまやまなんだけど……。それも無理っぽいんだよね」

未緒は片側の口角を上げ、空笑いしながら言う。

「水位が上がってきてるんだよ。さっきまで見えてた家の屋根も、いまは水の中」

「何だって？」

だったらここも、そのうち沈むというのか。

ならどこかへ逃げるしかないが、近くにそんなに高い建物は……。

「だからね、あれ見える？」

そう言って、彼女は伸ばした指先をどこかへ向けた。

そちらに目を遣ると、濁流の上に留まっている漂流物が視界に入る。

「ね、クーラーボックスが浮いてるでしょ？　あれなら中にトラジを入れて運べるし、浮き輪代わりにもなると思わない？」

「なるほど。あれを取りに行こうってのか」

ついでに言外の意図もすぐにわかった。志乃の手前、口に出すことはできないのだろうが、現状を生き延びるために一番のネックとなるのが子猫の存在だ。

トラジを抱えたまま陸地まで泳ぐのは不可能。かといってこの屋根の上に置き去りにすることもできない。だがあのクーラーボックスをここまで運んでくることができれば、状況は劇的に変わる。

見るからに密閉性の高そうな容器だ。しかも水に浮いている。中に子猫を入れても浮力に問題はないと思える。

「わかった。僕が取ってくる」

「駄目だよ。わたしが行く。綾人くんはここまで泳いで来たばかりで、まだ息も整っていないでしょ」

「だけど」

「より泳ぎが得意なのは？」

「それは未緒の方だけど……」

「わかってるならよろしい」と彼女は笑顔を見せる。「もう沈んじゃったけど、この周りには民家がたくさんあるんだよ。見えないだけで足場はある。そして沈むところをずっと見てたから、わたしはどこに足場があるのかわかってる」

言いつつ、手首をぷらぷら振って準備運動を始めた。

「大丈夫だよ、ちょっとそこまで泳いでくるだけ。クーラーボックスを取ってすぐに帰ってくるから、それまで志乃のこと見ててあげて」

「……わかった。気をつけろよ」

本音を言えば行かせたくはない。けれど未緒の方が正論だった。

当然不安もある。最後のロスタイムがどうして発生したのかがわからないからだ。あのクーラーボックスを取りに行く行為は、ここに僕が辿り着いていなかったとしても実行に移されていたはず。ならば未緒を襲う破滅の正体は何だ？　いまは運命が変わっているとはいえ……。

が、考えている間にも、未緒は屋根から降りて汚水に足をつけようとしていた。

いまさら気付いたが、彼女は素足のようである。泳ぎの邪魔になるため靴は脱ぎ捨ててきたのだろう。

未緒らしい思い切りの良さだと思うが、やはり危ない気もする。

「なあ、靴を貸そうか？　足場があるとは言っても、何か尖ったものを踏んだりしたら危険だし」

「大丈夫大丈夫！　普通の瓦屋根だったからへーきへーき」

そう言って一度、ざぶんと水に浸《つ》かる未緒。それから平泳ぎの体勢で少し泳ぐと、すぐに足場を見つけたらしく膝立ちになった。

そのまま腰を上げ、平均台の上でも歩いているように慎重に歩みを進めていく。

クーラーボックスまではあと一〇メートル。順調に行けば数分かからず戻ってこれる距離だ。何かあってもすぐに助けに行けるだろう。

問題はなさそうだ、と僕は屋根板の上に腰を下ろす。いまは不測の事態に備えて、少しでも体力を回復させた方がいい。そう判断した上でのことだ。

疲労感から静かに息を漏らしつつ、志乃の方に注意を向ける。するとあちらも僕の方を見て、こくりと会釈をした。自分を助けに来たのがわかって、少々申し訳なく思っているようだ。

――と、そのときだった。

ばちっ、と何かが弾《はじ》けるような音が、一瞬辺りに響いたのだ。

何だろう。まさか電線か？　断線してショートしたのか。そう思って視線を上空に巡らせる。

が、違っていた。視界の隅に映っていた未緒が、ぐらりと体勢を崩すのが見えたのである。

「——お姉ちゃんっ！」

志乃が背筋を伸ばして悲痛な声を上げるが、それを認識した頃には既に体が動き出していた。

脊髄反射の勢いで、屋根を蹴りつけながら立ち上がった僕は、そのまま転がるように前進し、縁に辿り着くとクラウチングスタートの体勢をとった。

時間が引き延ばされていく感覚。まさにゾーンだ。

スローモーションになる視界の中、手足をだらりと垂らした未緒が膝をつき、意思のない人形のごとく真横に倒れようとする。

さながら見えない死神にでも、生命力を奪われてしまったかのようにだ。

もしあのまま汚水の中に沈んでしまえば、ほんの数秒で見失ってしまうだろう。

未緒が足場としている瓦屋根は、恐らく斜面になっている。一度倒れればどこまでも落下していってしまう。それこそ水底まで。

状態から見て、感電なのは間違いない。切れた電線が水中に電気を放出しているのだと思うが、未緒は不運にもそれに触れてしまったのだ。そして恐らくそれが、彼女を待ち構えていた破滅の正体なのだ。

だが、そうはさせない。彼女が泡になって消えるところを僕が傍観するわけがない。未緒を人魚姫にはさせない。そのためにここまでやって来たのだから。

思えば僕にとって、これまで水泳に費やしてきた多大なる時間の全ては、いまこの瞬間のためにあったのだ。

そう確信できるほどの会心の飛び込み。会心のスタートをきった。

あとコンマ数秒でも遅れていたなら、どこに沈んだかさえわからなくなっていただろう。だが僕の目は彼女の姿をはっきり捉えていた。その位置を正確に把握していた。だから疑わなかった。この手が届かない未来なんてイメージもしなかった。

あの入部テストの日、いつまで泳いでも届かなかったゴール。それでもいまは違う。僕なりに真面目に練習だってやってきた。未緒に追いつくために頑張ってきた。

その想いが、覚悟が、このコンマ数秒を限界まで短縮する。

雨粒が水滴になって空に浮かんでいるようにすら見える、極限まで研ぎ澄まされた集中力をもって、長い滞空時間を経て濁流を切り裂くようにダイブした。

そして勢いを保持したまま、一本の槍となって水中を直進する。彼女の体の位置の推移は、完全にシミュレートできていた。

狙いは絶対に外さない。信念を持って突き進むと、数秒ほどして指先がかすかに何かに触れたのがわかった。

未緒に決まっている。手繰り寄せるようにしてしっかり掴むと、バタ足を思いきり打って浮上する。汚水の中でも天地を見失ったりはしなかった。

引き上げてみると、やはり彼女だった。ぐったりしたその体を抱き上げ、元の屋根まで引っ張っていくことにする。

気絶した人間の体感重量は、意識がある人間の倍だと言われている。だけど火事場の馬鹿力というやつか、何の重みも感じなかった。むしろ冗談みたいに軽かった。

もはや水の抵抗も何もかも、意識外に吹っ飛んでいたのだろう。

「──未緒！　しっかりしろ、未緒っ！」

屋根の上に彼女の体を横たえると、呼び掛けながら呼吸を確認した。

さらに胸の上に顔を載せて、鼓動の音に耳を澄ませる。

すると、はっきり聞こえた。どくん、どくんと……。

生命が奏でる力強い音がそこに宿っていることを確認して、大きく安堵の息を吐いた僕は、体を起こすとその勢いで仰向けに倒れ込んだ。

その後、慌てて歩み寄ってきた志乃が「人工呼吸しなくちゃ！」と騒ぎ出した。「大丈夫」と僕は笑顔で答え、気を失っているだけだから安心するようにと、努めて穏やかな口調で言い聞かせた。

それから眠ったままの未緒の体温低下を防ぐため、しばらく三人と一匹で寄り添い合い、互いの熱を分け合いながら救助を待つことにした。

幸いにもそこから雨脚が弱まってきたようで、水かさもそれ以上に増えることはなかった。何とか水没せずに済みそうである。

やがて視界を覆っていた靄が消え、その先からボートのモーター音が聞こえてくると、ようやく運命を塗り替えた実感が僕の胸に芽生えた。

「助かった……んだよな」

気が緩んだのか、脱力感に襲われて宙を見上げると、やや厚みを失った雲の向こう側に、わずかに晴れ間が覗いているのがわかった。

エピローグ

数日後、未緒の命を脅かしたものの正体が判明した。

それは意外なことに、太陽光パネルだったのである。

太陽光パネルはその仕組み上、日光が差している間は常に発電状態にあるそうだ。なので、水害などの際に漏電を防止するための安全装置も組み込まれているのだが、それが故障していたため溜め込んだ電気を周囲に垂れ流していたらしい。

あのとき彼女は、屋根に置かれていたパネルの、その亀裂に運悪く素足を乗せてしまったのだ。そのせいで電流が体に流れ、一瞬にして意識を失ったというわけだ。

「運がないんだよな、未緒は。昔から……」

ロスタイムの警告がなければ、本当に最悪の結末になっていたかもしれない。

それに、もし僕が部活を辞めていたら、あの会心の飛び込みもできなかっただろう。相葉先生に相談を持ちかけることもなく、孝司さんにも会えなかったはずだ。それら全ての要素が一点に集約された結果、ようやく運命を変えられたのだなと思える。

そんな感慨に浸りつつ、ようやく戻ってきた日常の中、学校から帰宅した僕はエプロンを身につけてキッチンに立った。

食材を確認するために冷蔵庫の戸を開けたところで、ピンポンとチャイムが鳴る。

はいはい、と返事をしながら玄関に行くと、扉がひとりでに開いた。

「──ただいま」

何やら気恥ずかしそうに言う未緒に、僕はおかえりと返す。

「早かったな。練習は？」

「切り上げてきた。コーチも相葉先生もそれどころじゃないらしくって……。今日も遅くまで職員会議だってさ」

「大変そうだな。僕らには見守ることしかできないけど」

あの豪雨災害の爪痕は予想以上に深く、甚大な被害をこの街にもたらした。

浸水区域は多数。沿線の線路も土砂崩れで埋まり、主要幹線道路まで無惨にも崩落。

吉備乃学院には遠方から通っている生徒も多いのだが、電車もバスも運行再開にはかなりかかるようだ。そのため学校側から送迎バスを出すという案まで出ているらしいが、実現する見込みは薄そうだ。

「夏休みを早める話も出てるんだって。期末試験もカットして」

ちょっとありがたいよね、と未緒は続けて微笑みかけてくる。

「そのぶん二学期が早まるんだろ？　ちゃんと勉強しとかなきゃな」

「堅いなぁ、綾人くんは」

「聞いてなかったけど中間テストどうだったんだ？　赤点とってないだろうな」

「……まあ、そこそこだったかな？　あはは」

と言って、後頭部を掻きながら誤魔化すように笑う。

それから僕のエプロン姿をまじまじと見て、「ご飯の用意してるの？　手伝うよ」

と口にした。

「ありがとう。でも先にトラジにご飯あげてくれるか？」

「わかった。勝手口の方でいいんだよね？　先に着替えてくるね」

うなずきを返すと、彼女は軽い足取りで廊下を歩き、奥の部屋へと向かっていく。

何だか新婚夫婦のようなやりとりをしてしまったが、こうなった経緯は単純である。

未緒の家も水害にあってしまったため、一家まとめてうちで面倒を見ることになった。

それだけの話だ。

そもそも昔から、未緒の母親とうちの母は親友同士なのだ。だからしばらく一緒に暮らさないかと、こちらから声をかけたらしい。

浸水した家の修復にはしばらくかかる。その間、仮設住宅で生活をするのも不便に違いない。未緒の母は当初は固辞したようだが、志乃とトラジのこともあって世話になることに決めたようだ。

トラジの里親になってくれた笠原夫妻の家は、あのとき完全に水没してしまった。いずれ補修が済めば戻ってくるという話だが、それまでは息子夫婦の家で暮らすことにしたそうで、子猫までは連れていけないと申し訳なさそうに何度も謝っていた。

そういったわけでトラジもうちで面倒を見ることになった。いまも志乃と遊んでいるはずであり、餌やり場とトイレは勝手口付近と最初に定めたのだ。

「――終わったよ。今日も凄い食欲」

と、回想している間に未緒がリビングに戻ってきた。

既にエプロンをつけており、キッチンに立つ僕の隣にやってくると、何やら楽しげな表情でやる気をアピールしてくる。

「お世話になってるんだから、ちゃんとお手伝いしないとね」

「別に気にしなくてもいいのに。まだこの生活に慣れてないんだろう？」

「ううん」と首を横に振る。「母さんも志乃もリラックスして日々を過ごしてるよ？

可愛い子猫もいるしね。……でもやっぱり迷惑だったかなぁって」

「そんなことないさ」

シンクで野菜を洗いながら答える。

「おかげでうちの両親も穏やかだ。むしろ助かってるくらいだよ」

「穏やかって何？　いつも仲良しだよね？」

「まあうちにもいろいろな事情があるってことさ。とにかく迷惑には思ってないから安心してくれ」

未緒の一家が一階部分で生活しているおかげで、うちの両親がいがみ合う姿を見ずに済むようになったのは僥倖《ぎょうこう》だ。それどころか、いま二人は同じ寝室で夜を過ごすようになっている。僕から言わせれば、これは快挙である。

さすがに体面があるのか、人目につく場所では喧嘩をし辛いらしい。でもそれだけでもないようだ。志乃や子猫を眺めては、頬を緩める二人の姿が時折散見されているからだ。

こっそり聞いてみたところによると、二人とも実は娘が欲しかったそうだ。だから最近は穏やかな気持ちで過ごせていると微笑んでいた。一人息子の立場としてはちょっと複雑な気分だ。

ただそれでも、物心ついたときからずっと冷戦状態だったうちの両親が、見た目だけとはいえ仲良くしている姿を見るのは、僕の精神衛生上とても良いことだ。だからこのところ、ストレスなく日々を送ることができているのである。

「ねえ、今日のメニューって何？」と未緒。

「そうだな。ハンバーグでも作ろうか」

「おお豪勢だね！　じゃあわたしは味噌汁《みそしる》担当ね」

「そうか。調理には細心の注意を払ってくれ」

すると、信用ないなぁ、と言って彼女は苦笑いをする。

前科があるので仕方がない。ワカメを水に戻すと量が膨れ上がることを知らなかったらしく、見た目真緑の味噌汁を作ったことがあるからだ。つい昨日。

でも、そんな下らないことで笑えるこんな毎日は、本当に素晴らしいものだと思う。

できれば、ロスタイムで出会ったあの未緒にも教えてあげたいくらいだ。

ちゃんとこの手で救って、幸せを掴むことができたよ――と。


「――行ってきます」

未緒は毎日必ず、僕よりも早く家を出る。一緒に登校するところを見られたくないからだそうだ。

入学式の日に決別して以来、僕らはしばらくの間離れて過ごしていた。だから互いの友達も僕らの関係を知らない。

最近は食堂で一緒に食事をとることもあるが、友達が近くにいるときには遠慮していた。だから登下校も別々の方がいいだろう。別に僕は一つ屋根の下で暮らしていると知られてもいいのだが、未緒の方は困るに違いない。

「行ってらっしゃい」

すぐに僕も家を出るのだが、一応そう言って送り出すことにした。

未緒が玄関のドアを開くと、眩しい朝の光が視界を覆い尽くしていく。

陽光に抱かれるようにして彼女が足を進めるその様を、何か神々しいものを前にしたような心持ちで、目を細めながら僕は見送った。

すると、そこで不意に未緒が振り返り、ぱぁっと花が咲いたような無邪気な笑顔を見せて……。ロスタイムで出会ったときのように柔らかい物腰で、微笑み混じりに「じゃあね」と言った気がした。

「…………」

けれど、どうやらそれは勘違いだったらしい。現実の未緒が踵を返すことはなく、玄関のドアはそのまま閉められ、その風圧だけが僕の前髪を揺らした。

そう……。結局のところ、あれだけの出来事を乗り越えたあとも、僕らの距離は変わらなかったのだ。

同じ屋根の下で暮らすようになっても、幼なじみという枠から外れることはない。きっといまでもあの告白の返事は変わっていないのだろう。僕と彼女が恋人同士になることはないのだ。恐らくはこの先もずっと。

どれだけ追いかけても追いつけない。競泳のタイム差と同じように、僕は彼女には一生勝てないに違いない。

でもあのとき、あの一瞬だけ――

最高の飛び込みを決めたあの瞬間、この手は確かに未緒に届いた。だからこそ彼女の命を救うことができたのだ。

ならば、僕はこれから先も、泳ぎ続けようと思う。

才能がないことは知っている。未緒が振り向かないことも知っている。

それでもまたいつか、またロスタイムが起きたときに後悔をしないように。消えてしまった彼女に情けない姿を見せないように。動機なんてそれで十分だ。

「──よしっ」

両手で挟み込むように顔を叩いて、鞄を肩にかけて立ち上がる。

このドアの向こう、僕らの未来に何が待ち受けているのかはわからない。でもただ一つだけ確かなことがあった。

もうすぐ夏がやってくる。僕たちスイマーにとって最も熱く、暑い季節が。

ロスタイム

あの豪雨災害の日、わたしは死んだ。

妹である志乃を助けるためにスイミングスクール裏手の山に登り、なのに一人だけ土砂崩れに巻き込まれて死ぬという無様を晒してしまった。

誰のせいでもない。迂闊だった自分が悪いのだ。だから死についてはすぐに受け容れた。けれど未練は強くあったようで、わたしは幽霊になった。

そして気が付いたときには、死んだときの姿のままで、時間の止まった世界の街角に一人立っていたのである。

最初は神様に感謝した。これで未練が晴らせると喜んで、家族の元へと向かった。

わたしが死んだあと、妹や母がどう過ごしているのかが知りたかったのだ。でも……。

病院のベッドに横たわったわたしの亡骸《なきがら》の隣で、母は泣いていた。志乃も泣いていた。綾人くんは病室の外の椅子で泣いていた。

だからわたしも泣いた。そしてただただ後悔した。

入学式の日に彼に酷いことを言って突き放してしまったことを。しばらくの間ろくに言葉を交わさず、冷たい態度をとってきたことを。それら全てがわたし個人の我儘を通した結果だということを……。

だからこんな罰を受けているのかもしれないと思った。わたしはわたしの死亡時刻で永遠に責め苦を受け続けるのかと思った。おまえのようなやつにはそれがお似合いだという話なのかと思った。

けれど違った。神様は別に意地悪ではなかったのだ。

そのあと篠宮先輩に会い、いろいろ話をしてその世界のルールを知り、それから間もなく綾人くんに出会った。しかも過去の彼にだ。

わたしは既に、決定された運命の果てにいる。でも過去の彼には未来を変える力があるらしい。なるほどと思った。

わたしはロスタイムの意味を知った。いまさらどう足掻いても結果は変わらないが、この後悔を少しだけ軽くできる、そういうものなのだとわかった。

だからロスタイムの中で彼と一緒に笑い合って楽しんだ。もう二度と悔やんだりしないように、素敵な思い出を作るつもりで。

それがいつしか、一番大切な時間になっていて、そして自覚してしまった。

わたしはわたしが思う以上に、彼のことを好きだったのだと。

でも過去を変えればロスタイムは終わる。わたしが死ぬ未来との矛盾が生じるからだ。それが辛くて、切なくて、もう過去のわたしなんてどうでもいいとすら思った。

それより彼と一緒にいられる時間の方が大事だった。

だというのに……。

「――だというのに、これですよ」

玄関のドアを閉めた直後に、わたしは頭を抱えてその場にしゃがみ込んだ。

一つ屋根の下で綾人くんと暮らすようになって、もう二週間が経過している。

なのにわたし――比良坂未緒はまだ言い出せずにいるのだ。本当のことを。

そうです、ごめんなさい。綾人くんは多分、いまここにいるわたしとロスタイムの中で出会ったわたしのことを、別人のように認識しているだろうが……本当は違うのだ。

いまのわたしの頭の中には、全ての記憶が残っている。ロスタイム内での行いを含めて、自分がどんな運命を辿ってきたか、その全てを覚えているのだ。

どうしてか？　そんなのわたしの方が訊きたい。

とにかくあの日、最後のロスタイムを終えて、二つの世界は完全に分かたれたはずだった。わたしはわたしが死んだ未来にひとりぼっちで立っていて、後悔も未練も消えたせいでそのうち存在自体も消え去ると思っていた。

なのに目を覚ましたわたしがいたのは、救助隊のボートの上だったのである。

いろいろと足りないこの頭で考えてはみたが、未来がそこに収束したのだろうということしかわからなかった。

わたしはてっきり、過去を変えても未来は変わらないと思っていた。きっと何をしてもそれぞれが並行世界となって別々に存続していくと考えていた。昔見たSF映画でそういうのがあったからだ。

なのに神様は、意外と面倒くさがり屋らしい。選択によって無限に増える並行世界なんて端から管理するつもりはなく、ある程度きりのいい場所で切ったり繋いだりしていることを知った。実体験をもって。

結局、死後の世界だと思っていたロスタイムは、死に瀕《ひん》したわたしが見ていた走馬《そうま》灯《とう》のようなものだった、ということになるのだろう。

まさしく奇跡だ。生き返ったのだからこんなに素晴らしいことはない。後悔なんていくらでも取り戻せる。今度はもっとうまくやろう。慈悲深い神様に感謝を捧《ささ》げつつ意気込んだわたしだったが……正直いまのところ全然うまくいっていない。

だって、無理なのだ。

彼の顔を見るだけで頬が熱くなっていくのがわかる。一度自分の恋心を意識してしまって以降、変に思われないよう取り繕うので精一杯だった。

しかも成り行きで一つ屋根の下で暮らすことになったせいで、さらに事態が混迷の度合いを深めてしまった。志乃もお母さんも、わたしを見る度に意味ありげな微笑を送ってくるのはやめて欲しい。

こんな状態でわたしの気持ちが綾人くんにバレて、歯止めが利かなくなったらどうしてくれるのだ。高校三年間は水泳に捧げると決めたのに。あの誓いからまだ二ヶ月しか経っていないのに……。

とはいえ、せっかくのチャンスであることも事実だ。だから練習以外の時間はもっと仲良くしたいと思っている。

本音を言えば、もっと一緒に勉強したり、一緒に映画を観たり、一緒にお出掛けしたりもしたいのだが、加減がわからなくて困っている。そして気持ちを言い出せないまま、さらに時間が過ぎていくのがもどかしい。

結果として、わたしはその日も一日、悶々として過ごすはめになったのだ。

そんなこんなで迎えた七月一〇日。

前倒しでやってきた夏休みのおかげで、水泳部の合宿の日取りも早まった。何故かというと、宿泊施設の料金が安いうちに決行しようということになったからだ。

そんなぎりぎりオフシーズンの旅館に荷物を置き、早速水着に着替えて浜辺に出ると、空は青く澄みきっており、彼方の水平線まではっきりと見渡せた。

さらに、掌で双眼鏡を作って覗き込むと、少し離れた場所に離島があるのがわかった。あそこまで泳ぐ遠泳訓練がこの合宿のメインらしい。

「――それじゃ準備運動しますよー。比良坂さんもこっちに来て」

「はーい」

と答えて、相葉先生の下に歩み寄っていく。

部員は一軍も二軍も全員参加であるが、これは水泳部始まって以来の快挙らしい。

まだ水害の影響で生活が元に戻っていない部員も多く、鬱屈した気分をレジャーで吹き飛ばそうという思いからか、みんなの士気はすこぶる高かった。

まあ事前にキャプテンに聞いたところ、この先に待ち受けているのは地獄の猛特訓らしいのだけれど……。

一通りの準備運動を終え、結城コーチから手渡された合宿予定表を確認していると、仲良し男子四人組が早くも盛り上がっているのが見えた。

綾人くんを含めた二軍の部員だ。西森先輩と和田先輩。それから磯谷先輩もいる。彼らはこのところやけに仲良くなっており、ときどき休日に集まってどこかに遊びに行ったりもしているらしい。

羨ましいというか、正直妬ましかった。わたしには萩原さんくらいしか友達がいないというのに……。あと綾人くんがわたしの知らないところで楽しんでいると聞くと、何故かちょっとイラッとする。

と、思わず睨むような目で男子たちを見ていると、綾人くんだけが輪を外れて波打ち際の方へと歩いていくのがわかった。

何をするつもりだろうか。不審に思ったわたしは周囲を見回しつつ、こっそりと彼の背中に近付いていく。

「……ねえ、どうしたの？　まさか遠泳が怖いとか？」

「そんなことはないけど、大変そうだなと思ってな」

綾人くんは掌でひさしを作りながら、遠くに視線を向ける。

「未緒こそ大丈夫か？　こないだ溺れたばかりなのに……」

「いつの話よそれ。大体溺れてないし、感電したせいだからノーカンだよ」

「いや、十分トラウマが残りかねない事件だったたと思うけど？」

「あの程度全然平気だよ。というか、そこまで言うなら勝負してあげてもいいよ？　遠泳してどっちが離島まで先に着くか」

　からかい交じりにそう言うと、彼は「あのなぁ」と呆れた声を出した。

「みんな一列になって泳ぐんだよ。先生の言うこと聞いてなかったのか？　安全第一なんだから競争なんてできるわけないだろ」

「あれれぇ？　負けるのが怖いんだぁ。三日間も合宿するんだから、自由時間くらいあるに決まってるよ。勝負するチャンスはいくらでもあるって」

「なんでそんなに競いたがるんだよ」

　うんざりした様子で彼は訊ねてくる。

「大体、こっちに勝ち目がないだろ。おまえエースなんだから」

「何言ってんの。短距離ならともかく、遠泳は体力勝負だからね。男の子なのに自信ないの？　本当はモヤシっ子なの？」

「……言ったな」

綾人くんはぶすっとした顔つきになりつつ、準備運動で水着についた砂をさっと払ってみせる。

「安全に配慮し、練習の邪魔にならない範囲なら、やってやるよ」

「よしよし。そうこなくっちゃね」

思わず声を弾ませながらわたしは言った。

「前回はほぼ同着で、不完全燃焼だったからね。ちゃんとわからせてあげなくちゃってずっと思ってたんだ。これでようやく――」

「は？　同着、だって……？」

わたしの軽口を聞いた綾人くんの目が、驚愕《きようがく》に見開かれていくのがわかる。

ああ――!?　しまった。失言だった。

同着だったのは、あのときだけだ。

ロスタイムで綾人くんに持ちかけた水走り勝負。わたしたちの歴史において勝敗がつかなかったのは、あのときの一回だけなのである。

「ちょ、あの……その、ね？」

狼狽えながら言い訳しようとするが、彼の瞳は既に潤んできていた。

ああ、これはもう駄目だ。おしまいだ。

いまさら何を言っても誤魔化しきることはできない。というか、わたしの顔だってとっくに真っ赤になってしまっているだろう。

足元に冷たい波が何度打ちつけてきても、わたしたちは互いに見つめ合うばかりでその場から動けず、ただしばし言葉を失った。

照りつける真夏の太陽の下で、潮騒《しおさい》だけが遠く近く響いていたが、やがて彼が思い詰めたように一歩を踏み出す。

「未緒、僕は――」

綾人くんが震える声で、何かを言おうとする。

それがわたしの運命を変える予感があった。どうしようもなく胸が高鳴る。

きっとそうだ。間違いない。

わたしの初恋のロスタイムは、これから始まるのだろう。

《了》

あとがき

まずは注意事項を述べさせていただきます。書籍を読む際に、あとがきから読まれる方も多いと存じますが、今回はネタバレを含みますのでご注意ください。先に本編にお目通しいただければ幸いです。

さて。みなさんは二〇一八年に起きた大規模な豪雨災害のことをご存じでしょうか。のちに西日本豪雨と呼ばれることになったこの災害が起きたとき、私は広島県の片隅で猫を抱いて震えていました。

ええ、そうです。それはもうがっつりと被災しました。

雨が降り始めた当初こそ「すごい雨脚だなぁ。外出できないからのんびりしよう」などと楽天的に考え、テレビのニュースに自宅付近が映るのを物珍しく見ていましたが、しばらくそれが続いたので「あ、やばいな」と直感しました。

雨の音が、普段と全然違うのです。いくら大雨でも、家の中にいればザァザァと聞こえる程度ですが、そのときはドーッという滝みたいな音が聞こえました。あまりにも凄《すさ》まじい雨量で、雨音の切れ目がまったくなかったのです。

それがずっと続いたので、次第に耳が慣れてきて、そのうち雨の音だと認識しなくなりました。耳の奥に何かが詰まっているような感覚を抱えて日中を過ごし、そして夜間には何度も目を覚ましました。

身体《からだ》に染みついた習性というのは、なかなか消えないものです。私は以前、警察官として働いていたのですが、そのときに警備課という部署にいました。その名の通り災害救助《りさいがい》に従事する部署だったので、夜中に目覚めてはニュースを見て警報の有無を確認し、「……そうか、もう警察は辞めてたんだったな」と思い直して寝る、という行動を繰り返しました。警報が出れば所属する警察署に自主参集、という鉄則が脳に刷り込まれていたからです。

なので、多少は一般の方よりも早く、被害規模の見立てがつきました。「ああこれは大変な事態になるだろうな」と思いつつも、避難の準備をする程度しかやれることはなく、停電しても断水しても、その分厚い雨雲が通り過ぎるまでただ大人しく過ごしました。

やがて雨が止《や》み、久しぶりに外出してみると、世界は一変していました。

まず、地形が変わっていました。近所の小高い山にえぐられたような跡が刻まれており、麓のコンビニが土砂崩れに巻き込まれていました。

土の上にかろうじて天井部が見えるような有様《ありさま》でしたが、幸い従業員さんたちは早めに避難したらしく、人的被害はなかったそうです。

さらに、空には絶えずヘリコプターが飛んでおり、家族や知人からひっきりなしに安否を確認するメールが届きました。恐らく付近の様子が中継されているのでしょう。だから一旦は「大丈夫」と返信したものの、元の生活に戻れる日はしばらく先だろうなと思いました。

が、結果から言えば、それでもまだ見通しは甘かったのです。

線路が土砂に埋まって電車はところどころ運休し、主要幹線道路は無惨にも崩落。交通網が寸断されたせいで輸送能力が失われ、翌日にはどの店でも食料品が品薄になりました。

当然ながら通勤通学にも多大な影響が出てしまい、『初恋ロスタイム　―First　Time―』に登場する須旺学園のモデルとなった私の母校では、フェリーしか通学手段のない生徒すらおり数ヶ月に渡って苦難を強いられたそうです。

あれから一年以上が経《た》った現在においても、豪雨災害の影響は目に付くところに色濃く残されています。付近の山々には巨大な獣の爪でえぐられたかのような痕跡が刻まれており、電車の運行が再開されていない区間も未《いま》だにあります。

雨が降る度にそわそわとしてしまうのは、私の心にもあの日の光景が焼き付いているせいだと思います。ですので今作は、自らのトラウマを掘り起こす覚悟で執筆に当たりました。同様の体験をされた方々には、ややセンシティブな内容に映る可能性がありますが、どうかご容赦くださいませ。

広島県は、全国最多の土砂災害危険箇所を有しているといいます。この度の西日本豪雨では多数の犠牲者が出ましたが、その大半は土砂災害によるものだそうです。犠牲者の方々に思いを馳《は》せ、心からご冥福をお祈りするとともに、物書きの端くれとして経験を発信することで、後世に教訓を伝える一助となればと考えております。関係各位には謹んでお悔やみを申し上げます。

それでは最後に、この場をお借りして謝辞を送らせていただきます。いつもお世話になっております担当編集の大谷《おおたに》さんと、繊細かつ美麗な表紙を描いてくださいましたイラストレーターのみっ君さん。そして出版に関わってくださった全ての方々と、このあとがきを読んでくださっているみなさんに心からの感謝を。

仁科《にしな》　裕貴《ゆうき》

参 考 文 献

『時間はどこで生まれるのか』
橋元 淳一郎(集英社)

『時間と空間』
浅野 尚(文芸社)

『パラレルワールド　１１次元の宇宙から超空間へ』
ミチオ・カク 著　斉藤 隆央 訳(日本放送出版協会)

『泳ぐことの科学』
吉村 豊／小菅 達男(日本放送出版協会)

本書は書き下ろしです。

メディアワークス文庫

初恋《はつこい》ロスタイム
-Advanced Time-

仁科裕貴《にしなゆうき》

2019年8月24日　初版発行

発行者　郡司 聡
発行　株式会社KADOKAWA
〒102 - 8177　東京都千代田区富士見2 - 13 - 3
0570-06-4008（ナビダイヤル）
装丁者　渡辺宏一（有限会社ニイナナニイゴオ）
印刷　旭印刷株式会社
製本　旭印刷株式会社

●お問い合わせ（アスキー・メディアワークス ブランド）
https://www.kadokawa.co.jp/（「お問い合わせ」へお進みください）
※内容によっては、お答えできない場合があります。
※サポートは日本国内のみとさせていただきます。
※Japanese text only

※定価はカバーに表示してあります。

Printed in Japan
ISBN978-4-04-912628-0 C0193

メディアワークス文庫　https://mwbunko.com/

本書に対するご意見、ご感想をお寄せください。

あて先
〒102-8584　東京都千代田区富士見1-8-19
メディアワークス文庫編集部
「仁科裕貴先生」係

座敷童子の代理人1～7

仁科裕貴

妖怪の集まるところに笑顔あり！
笑って泣ける、平成あやかし譚。

　作家として人生崖っぷちな妖怪小説家・緒方司貴（おがたしき）が訪れたのは、妖怪と縁深い遠野の旅館「迷家荘（まよいがそう）」。座敷童子がいると噂の旅館に起死回生のネタ探しに来たはずが、なぜか「座敷童子の代理人」として旅館に集まる妖怪たちのお悩み解決をすることに⁉

　そこで偶然出会ったおしゃまな妖怪少年の力で妖怪が見えるようになった司貴は、陽気な河童や捻くれ妖狐が持ち込むおかしな事件を経て、妖怪たちと心を通わせていく。

　だが、そんな司貴を導く不思議な少年にも、何やら隠しごとがあるようで……。

　くすっと笑えてちょっぴり泣ける、平成あやかし譚。

後宮の
夜叉姫
【著】
仁科裕貴
メディアワークス文庫